LES VAGABONDES

FLORIAN FERRIER

—

LES VAGABONDES

ROMAN

BUCHET • CHASTEL

L'auteur remercie le Centre national du livre
pour son soutien.

ISBN : 978-2-283-04051-5

1

4 septembre 1972.

À travers la fenêtre de son bureau, Hanna observe les corneilles sautiller dans l'allée de gravier. Il fait frais. Cette pièce, qu'elle ne quitte presque jamais, est exposée plein nord, face aux montagnes enneigées. C'est dans ces reliefs escarpés, majestueux, qu'elle puise son inspiration. Elle peut rester des heures campée derrière ses carreaux à contempler la chaîne des Alpes. La Suisse n'a jamais été une destination tout à fait désirée, mais elle s'en est accommodée. Écrivaine en exil. C'est son état. Il fait toujours froid dans ce bureau, même l'été, car elle n'ouvre jamais les fenêtres. Hanna n'aime pas la chaleur, c'est pourquoi elle a choisi cette pièce quand elle a emménagé des années auparavant,

avant la guerre. Le froid, elle le supporte. Elle l'affectionne même. Comme si la maladie qui la ronge ralentissait son expansion dès que les températures chutent. Un répit. Du moins le pense-t-elle.

Une méridienne aux coussins légèrement creux, disposée dans un angle du bureau, lui sert de lit. Elle ne dort plus dans sa chambre depuis longtemps. Depuis la mort de Paul, c'est devenu un tombeau. Cette maison est désormais trop vaste pour elle. Hanna l'a achetée en 1930, après les ventes exceptionnelles de *La Leçon*, son troisième roman, et ses nombreuses traductions. Elle n'avait pas imaginé alors s'y installer, simplement y passer les vacances. C'est une maison sombre, aux tapisseries et au mobilier qui absorbent la lumière. Hanna apprécie l'obscurité.

Ils n'ont pas eu l'envie d'entreprendre de grands travaux. La demeure est restée dans son jus. Paul et elle se sont contentés de suspendre leurs tableaux, de garnir les étagères de leurs livres. C'est à peu près tout. Des artistes en exil ont fait halte ici avant de poursuivre leur chemin vers d'autres pays. Certains sont retournés en

Allemagne après la guerre. Hanna fait partie de ceux qui n'ont pas voulu, ou pas osé, de ceux qui se sont sentis des étrangers pour toujours. Une petite cheminée fait face à sa table de travail où elle n'allume un feu qu'en cas d'extrême nécessité, lorsque l'hiver ses mains sont si gelées qu'elle ne parvient plus à tenir son stylo-plume. Il lui arrive parfois de les poser sur le réflecteur de la lampe pour s'y réchauffer les paumes.

Ces mêmes mains tremblent tout à coup. Hanna lâche la tasse de café, le liquide lui brûle la peau et la tasse se brise sur le parquet.

« Merde. »

Les corneilles s'envolent lorsque Sepp entre, une liasse de feuillets sous le bras.

« Ça va ?

– Rien de grave. Je me suis brûlée.

– Il faut passer ta main sous l'eau froide. Tu veux que je t'aide ?

– Je vais me débrouiller. »

Hanna place un mouchoir sur la brûlure qui diffuse la douleur jusque dans son avant-bras. Sur la table de travail, Sepp dépose des feuillets dactylographiés sur la pile du manuscrit en cours.

« J'ai tout retranscrit. Quelques notes, suggestions, tu verras. Et encore trois anacoluthes !

– Vraiment ?

– Sacrilège ! dit Sepp avec un demi-sourire. C'est un excellent roman, Hanna. Pour ce que vaut mon avis. »

Elle hausse les épaules pour ne pas montrer sa fierté. Elle a toute confiance en Sepp. Il se laisserait mourir de faim pour elle. Depuis la disparition de son mari dans ce stupide accident de voiture, Sepp est tout ce qui lui reste. Elle n'a jamais eu d'enfants. Sepp est son homme à tout faire, secrétaire, chauffeur, confident et grand organisateur de sa vie. Il s'occupe du planning, des rendez-vous, du téléphone, des séances de dédicaces, de la correspondance, de l'intendance, tant de choses aussi invisibles que vitales pour Hanna. Un bref frisson la surprend. Sa chair se contracte. Une mouche égarée bat obstinément le carreau. Sepp ramasse les débris et les jette dans la corbeille, passe le bras autour des épaules de Hanna puis la guide délicatement jusqu'au lavabo.

« Laisse-moi voir… »

Le jet d'eau froide coule maintenant sur la brûlure. Hanna serre les dents.

« Ça me lance.

– C'est normal. Ne bouge pas, s'il te plaît. »

Ce roman sera le dernier. Sa maladie est en train de l'achever, elle la dévore chaque jour avec plus d'appétit. Ces derniers mois ont été éprouvants, à tel point que Hanna a envisagé d'abandonner. Parfois, le simple fait de se lever lui occasionne d'atroces souffrances. Elle n'a pourtant que soixante-huit ans mais en paraît cent. Elle est maigre, les traits tirés, un visage de Christ en croix. Elle dissimule ce qui subsiste de sa belle chevelure sous un foulard. Un dernier sursaut de coquetterie. À l'hôpital, elle n'a pas tenu deux jours. Elle lui préfère la maison.

La douleur s'amenuisant, Hanna se redresse et dévisage Sepp.

« Alors ? demande-t-elle, sourcils relevés.

– Alors quoi ?

– Tu m'avais fait la promesse de la retrouver avant la fin de l'écriture. Je suis venue à bout de ce manuscrit. À toi de tenir ta parole. »

Il aurait souhaité ne pas répondre. Oui, il l'a trouvée. Ilse Wolfe. La Ilse de ce dernier roman dont il vient d'annoter les derniers chapitres. Hanna n'est pas en état de se déplacer. Lui faire subir un voyage en voiture représente un danger. Autant dire qu'elle n'y survivrait pas. Et pour préserver ce qui reste de sa santé fragile Sepp préférerait mentir. Mais il ne peut mentir à Hanna.

En six ouvrages seulement, Hanna s'est imposée comme une écrivaine allemande majeure, a reçu de nombreux prix prestigieux. Dès la lecture des premiers chapitres, Sepp a reconnu l'écrivaine. Elle n'a même pas changé son prénom. Fiction ou réalité ? Il l'ignore. Hanna n'a jamais évoqué cet épisode de sa vie et, d'ordinaire, elle ne parle pas d'elle. L'autre protagoniste est la Ilse Wolfe dont il a été chargé de retrouver la trace. Une surprise de taille pour lui qui croyait tout savoir de la romancière. Plusieurs fois, il a été tenté de poser des questions, sans jamais en trouver le courage. Après tout, ce n'est pas son rôle, et Hanna déteste les questions. Il n'est entré à son service qu'à la fin des années cinquante, bien après la guerre, il n'avait que vingt ans. Il a étudié le parcours de son nouvel employeur avant de postuler et savait déjà que des zones d'ombre subsistaient. La romancière n'est pas bavarde lorsqu'il s'agit d'évoquer cette période de sa vie. Il sait qu'elle a fui lorsque ses trois premiers romans parus à l'époque ont été interdits, puis brûlés. Il sait aussi que la Gestapo l'a arrêtée deux fois, sans toutefois retenir de charges contre elle. Que c'est à la suite de la seconde arrestation qu'elle a pris la route de l'exil. Mais ça, on peut le lire dans n'importe quelle biographie. Et maintenant, Sepp découvre qu'elle serait rentrée en Allemagne juste avant la fin de la guerre ? Et si elle avait tout inventé ? Elle en est bien capable. Un dernier tour de magie avant de disparaître. Sauf qu'Ilse Wolfe existe.

« Je l'ai retrouvée.

– Où vit-elle ? demande Hanna, ressuscitée. Pas à l'Est au moins ? Je ne veux pas aller à l'Est.

– Non, pas en RDA. Elle vit dans le sud de la Bavière, à la montagne. Un peu comme toi. »

Hanna chancelle, il la soutient et l'aide à s'asseoir sur la méridienne. Elle a les larmes aux yeux. Sepp s'assied à côté d'elle, la laisse poser sa tête sur ses cuisses. Une soudaine migraine la terrasse. Son crâne est prêt à exploser, comme si quelqu'un lui fouillait les orbites à la petite cuillère.

« Je continue de penser qu'entreprendre un voyage dans ton état est une erreur. »

Il pense : *Ça risque de t'achever.*

« C'est loin ? murmure Hanna.

– Dix heures de route, plus ou moins... »

Hanna hoche la tête.

« N'oublie pas d'emporter mes médicaments. Ils sont dans la trousse bleue. Tu me feras une injection avant le départ, ça m'aidera à supporter le trajet. »

Comme Sepp s'apprête à rétorquer, elle lui pose un index sur les lèvres. Hanna ne renoncera pas à ce dernier voyage.

2

25 mars 1945.

À genoux sur une couverture pliée le long d'un massif de rosiers, Hanna arrache l'herbe brûlée par la neige, racle les feuilles mortes. Cigarette aux lèvres dans la brume, elle jardine pour ne plus penser à rien. Ces gestes simples l'apaisent, lui permettent de se concentrer sur l'essentiel. Pour l'instant, seules comptent les branches mortes poussées là par le vent, la terre noire et humide. Hanna écarte ainsi ses angoisses, la guerre qui fait rage, son pays dévasté, réduit à un champ de pierres. Comment écrire dans ces conditions ? Où puiser la force nécessaire ? Paul, qui est la sérénité incarnée, lui répète : « Ne t'inquiète pas, ça va revenir, comme chaque fois. » Puis il lui tapote l'épaule ou dépose un baiser sur son front. Il pense sans l'ombre d'un doute que c'est réconfortant. Paul est fort de son optimisme.

Voilà cinq ans que Hanna n'a pas écrit une ligne. Un précipice. Les mots lui échappent, ont perdu leur magie. C'est déjà arrivé, bien sûr, pour quelques jours, quelques semaines, comme un repos inespéré, sans phrases qui cognent l'esprit. Presque des vacances. Mais là, c'est autre chose. Comme une douleur physique. Elle se sent fêlée, béante, toutes ses idées s'échappent par cette brèche sans qu'elle parvienne à en retenir une. Ça coule dans le vide, et finalement le vide entre en elle. Hanna rumine depuis cinq ans. Son bureau est devenu une étable. Son stylo Pelikan bagué d'or, qu'elle s'est offert à l'occasion de son premier succès, agonise sur des feuilles blanches. L'encre du réservoir a dû sécher.

Le précipice s'est mué en abîme. Hanna est passée par la surprise, le doute, la peur, presque la résignation. Désormais, elle navigue dans la mélancolie et la détresse. La crise est profonde. Cinq ans de sourde angoisse que rien n'assèche.

Sauf peut-être les crocus sauvages qui fendent la terre au pied des rosiers. C'est le tribut payé à l'exil, la rançon du déracinement.

Le ciel est blanc, à peine traversé par la clarté du soleil. Va-t-il encore neiger ?

Paul est parti en ville pour ses affaires, laissant à Hanna tout le loisir de s'adonner au jardinage. Il fait froid, bien sûr, et son haleine vaporeuse se confond avec la fumée de la cigarette. Ses cheveux frisent sous l'effet de l'humidité. Elle porte des gants de cuir souple, autant pour éviter les égratignures que pour masquer les taches de son apparues récemment sur le dos de ses mains.

Quand les nazis sont arrivés au pouvoir, tout a basculé si vite. Paul a dû fermer sa maison d'édition. Les parents de Hanna ont choisi d'accepter le nouveau régime. De voir ce qui allait advenir. Hanna n'a eu d'autre choix que celui de fuir. On le lui a bien fait comprendre. Paul et elle ont bouclé l'appartement, emporté ce qu'ils pouvaient. C'était au moment où l'on obtenait encore des visas de sortie.

Chaque dimanche, afin de déjouer leur solitude, Paul et Hanna prennent le téléphérique jusqu'au sommet du Pilatus pour déjeuner au restaurant Kulm. La vue y est exceptionnelle.

Hanna se sent vieille, désenchantée, elle ne fait même plus l'effort de s'habiller, s'attife d'un vieux pantalon et d'un pull informe. Ses cheveux riment avec broussaille. La ruine de son pays la mine. Elle écoute la radio avec effroi. Un jour prochain, la guerre prendra fin, il le faut, et la reconstruction sera douloureuse. Elle ne pense pas seulement aux villes dévastées, mais à l'intelligence et aux talents qui ont fui ou péri, à la légèreté disparue. On ne rebâtit pas un pays qu'avec des pelles.

Une voiture officielle remonte l'allée de gravier. Elle est américaine. Hanna se redresse, ses articulations engourdies par la fixité craquent. Deux hommes en descendent, l'un est en civil, l'autre en uniforme. Ils se découvrent en approchant de la femme debout qui serre un griffoir entre ses doigts.

« Hanna Meissner ?

– Je ne donne plus d'interviews.

– Nous ne sommes pas journalistes. On peut discuter un moment à l'intérieur, s'il vous plaît ? »

Hanna les conduit dans son bureau et ferme la porte. Elle fait asseoir les deux visiteurs mais reste debout, appuyée à la fenêtre. La courtoisie voudrait qu'elle leur offre un café, mais qu'on l'arrache à son jardin la rend maussade. À côté de la voiture, le chauffeur frigorifié fume une cigarette.

« Je suis Samuel Whitfield, du consulat américain, et voici le major Turner, qui appartient à la 83e division d'infanterie.

– Qu'est-ce que je peux faire pour vous ? »

Immobile, le militaire a posé sa casquette sur ses genoux alors que l'autre triture nerveusement les bords de son chapeau.

« Nous sommes ici à la demande du gouvernement américain pour vous soumettre une proposition.

– Vous piquez ma curiosité.

– Nous souhaiterions que vous nous accompagniez en Allemagne pour quelques semaines. »

Hanna est tellement abasourdie qu'elle ne sait quoi dire. Qu'irait-elle faire en Allemagne ?

Le militaire sort de son silence.

« Madame, je comprends votre étonnement. Sachez que Hitler et son régime vivent leurs derniers instants. Ils n'ont aucune chance de l'emporter. L'issue de cette guerre ne fait plus aucun doute.

– C'est que vous ne connaissez rien à l'Allemagne, monsieur Turner.

– Major Turner.

– Vous voyez ? De mon côté, je n'entends rien au jargon militaire, je ne vois pas en quoi je pourrais vous être utile. »

Dehors, le chauffeur tape des pieds pour se réchauffer. Ne sachant que faire de son mégot, il le glisse dans la poche de son manteau. Whitfield pose une main sur la manche de son voisin et se lance :

« Notre proposition peut paraître surprenante, mais la voici : venez travailler en collaboration avec le service de presse de l'armée en zone libérée, vous prendrez la parole dans des réunions publiques que nous organiserons. Vous y ferez des discours, des rencontres, vous redonnerez du courage et de la dignité à ceux qui luttent contre le régime en montrant qu'une autre voie existe. Il est impératif de reconquérir le cœur et l'âme des Allemands dans la paix. C'est ensemble que nous devons bâtir l'avenir. Notre politique, madame Meissner, est de miser sur la prise de conscience. D'effectuer une transition démocratique en douceur pour ne pas répéter les erreurs du passé. Les États-Unis ne souhaitent pas la disparition de votre pays.

– Whitfield a raison, madame, il nous faut une personne reconnue, un symbole fort. Une intellectuelle, une résistante de la première heure. Vous ne voulez pas faire partie de la nouvelle Allemagne ? L'aider à se reconstruire ?

– Pourquoi moi ? Des centaines d'écrivains, de journalistes et d'artistes de renom ont pris la route de l'exil et c'est moi que vous venez chercher. Et je ne suis même pas résistante.

– Hanna, je peux vous appeler Hanna ? Nous avons besoin d'une figure de l'exil, dont les livres ont été brûlés, une personne chassée de son pays, et qui a conservé une forte influence dans les milieux littéraires et au-delà.

– Vous n'avez pas répondu à ma question. Pourquoi moi ? Laissez-moi deviner : les autres ont refusé ? »

Les deux hommes échangent un regard, puis Whitfield se lance :

« Notre gouvernement se méfie de ceux qui sont trop... politisés.

– Vous préférez éviter les communistes.

– C'est un raccourci un peu abrupt. Disons que nous sommes forcés d'être prudents. Les États-Unis ne souhaitent pas livrer le pays aux rouges. Nous savons tous comment ça finirait. L'Allemagne de demain doit être notre alliée. J'ajoute que nombre de vos concitoyens en exil préfèrent attendre de voir comment les événements vont tourner avant de risquer un retour. D'autres ne souhaitent tout simplement pas rentrer dans leur pays. »

Hanna reporte son attention sur l'allée où le chauffeur frappe plus fort le sol de ses pieds.

« Je ne sais pas si je serai accueillie avec autant d'enthousiasme que vous le supposez. L'Allemagne que j'ai connue n'existe plus. Pourquoi j'irai me fourrer là-dedans ?

– Vous n'avez pas le désir de changer les choses ? C'est dans leur langue que les populations doivent entendre le discours de la paix et de la réconciliation. Il faut redonner du courage aux populations hostiles à Hitler. Leur montrer que des Allemands résistent. Tout ce qui pourrait écourter cette guerre est le bienvenu. »

Hanna grimace. Les Américains s'attendent à découvrir l'antre du mal et ses hordes barbares. Ils ne vont trouver que des gens ordinaires et résignés, prêts à mourir pour s'accrocher à la promesse d'un Reich millénaire qui leur a été faite. La surprise des Américains sera grande. Et malgré ce qu'ils prétendent, ils vont haïr les Allemands pour ça. Quant à parler ou écrire dans cette langue, c'est devenu impossible, c'est comme parler ou écrire dans la langue des nazis. Elle porte en elle la suspicion et le mensonge.

« Est-ce que ce sera dangereux ? »

Pour la première fois, le major sourit.

« Rassurez-vous, madame, il s'agit de se rendre en zone libérée en compagnie de journalistes, de photographes de guerre, sous la protection de nos soldats. Jamais vous ne serez exposée aux combats. »

Hanna raccompagne les deux hommes à leur voiture. Elle leur serre la main puis ils s'en vont. Elle leur donnera sa réponse par téléphone.

Elle sait ce que Paul dira pour la retenir, que les Américains sont un peuple sans idéal, qu'ils ne comprennent rien à l'Allemagne, un pays bien trop complexe pour leur vision simpliste du monde. Que c'est dangereux. Que c'est vain. Que c'est de la folie. Il aura raison, comme toujours. Paul est le moule dans lequel la raison a été fondue. Justement, Hanna s'égare entre la raison et le désœuvrement. Elle n'a plus rien à dire parce qu'elle n'a plus de but dans l'existence. Pour se tirer de sa torpeur, elle doit tenter l'aventure. Les Américains lui ont donné une impulsion, ils ont initié un élan qu'elle ne doit pas contrarier. Hanna va partir pour ne pas sombrer.

Si elle n'y va pas, qui ira ?

3

14 avril 1945.

Le camion cahote sur la route défoncée. Ilse somnole à côté du conducteur, un brave chauffeur d'une minoterie locale qui a accepté de la prendre à son bord. Les tressautements du véhicule ne l'empêchent pas de se reposer, elle est familière des voyages inconfortables. Ilse est convoquée dans une grande ferme des environs de Hanovre. Deux jours à peine pour s'y rendre, par ses propres moyens. Il n'y a pas de train, ils ne roulent presque plus. Pas de véhicule militaire non plus, on manque d'essence. Les routes sont encombrées de réfugiés. Une bonne paire de chaussures vaut mieux qu'une voiture. C'est le chacun pour soi, la débrouille, le chaos. Le pays pris en étau. Le motif de la convocation est vague, presque mystérieux. Ilse balance entre la joie et l'appréhension. La joie de repartir à l'aventure et l'appréhension de ce qu'elle contiendra. À l'Est où elle était en poste pendant trois ans résonnait l'appel des grands espaces, d'un immense travail à accomplir. Il soufflait là-bas un vent de liberté. Désormais, il n'y a plus d'Est. Plus de rêve de conquête, pas plus que d'avions allemands dans le ciel. Les routes sont mitraillées et bombardées par l'aviation ennemie qui ne rencontre plus d'opposition. On n'entend plus Göring fanfaronner à la radio. Aujourd'hui, le simple fait de rallier Hanovre depuis Berlin saine et sauve est déjà une aventure. Ilse conserve son ordre de mission dans la poche intérieure de sa veste usée. Sans lui, elle risque d'être considérée comme déserteuse, fusillée ou pendue au bord de la route. Les patrouilles de gendarmes sillonnent la campagne.

Le chauffeur et elle n'ont presque pas échangé un mot. Rien que sur le temps qu'il fait. Maussade. Il y a tant de sujets à éviter que les gens ne savent plus quoi dire. Surtout à une jeune fille qui porte un uniforme. Ilse est *Hauptgruppenführerin* du BdM, les jeunesses hitlériennes féminines, l'équivalent d'un capitaine dans l'armée. Ça n'incite pas le chauffeur à se laisser aller à des confidences. L'Allemagne craint sa jeunesse autant qu'elle craint les Russes. L'essuie-glace grince à chaque aller-retour sur le pare-brise, écartant les fines gouttes de pluie. De la poussière de farine en suspension danse dans la cabine.

« On arrive. »

Ilse ouvre les yeux, des yeux immenses qui envahissent son visage triangulaire, deux calots noirs et brillants. Le camion ralentit à une intersection boisée. Le chauffeur indique un chemin de terre sur le côté.

« Vous devrez finir à pied. Bonne chance. »

Ilse ouvre la portière, jette son sac à dos sur le bas-côté et bondit hors du véhicule.

« *Heil Hitler !*

– Ouais, *Heil Hitler* », répond mollement le chauffeur.

La boîte de vitesse craque et le camion s'éloigne en longeant un champ fraîchement labouré.

Sac sur l'épaule, Ilse se met en route. C'est une grande fille athlétique. Elle remonte son col et marche le long du chemin pour éviter les flaques boueuses. La pluie resserre ses nattes noires. À la sortie du bois, elle aperçoit la ferme au milieu des champs, un groupe de bâtiments rouges cernés par un mur de briques. Le drapeau de la SS flotte au bout d'un mât. Ilse se présente à l'entrée, une sentinelle lui demande ses papiers, les lit avec attention puis la laisse pénétrer dans l'enceinte. À l'intérieur, des garçons et des filles sont à l'entraînement sous la surveillance de sous-officiers. Certains courent, rampent, escaladent des filets de corde, d'autres simulent une attaque à l'arme blanche. Le personnel encadrant hurle des ordres. L'ordinaire. Ilse a déjà reçu cette formation au combat, sortie première de son groupe. Elle se souvient de la caserne près de Greifswald, des longues courses sur les plages de la Baltique. Ici, elle se sent tout de suite dans son élément. La jeunesse est l'avenir du Reich, c'est à elle de défendre le territoire contre les ennemis. Les aînés ont fait leur temps et ne sont parvenus à rien. Autrefois couverts de gloire, ils tremblent maintenant de peur, désertent, ou, pire encore, se rendent. C'est notre tour, pense-t-elle.

Une adolescente du BdM aux joues roses la guide jusqu'aux quartiers des filles, un dortoir situé dans l'aile ouest. La pièce contient trois lits superposés en fer, avec leurs couvertures grises soigneusement pliées au pied, des placards alignés contre le mur à droite de la porte. Au-dessus de celle-ci est suspendu un portrait du Führer et un autre de Himmler. Il fait froid. La jeune fille indique son casier à Ilse.

« À cet étage, c'est notre dortoir, au bout à gauche, la salle de douches. Le réfectoire est en bas de l'escalier, il est commun. Le réveil est à 5 h 30, le petit déjeuner, à 6 heures. »

Ilse ouvre son sac à dos, puis son casier et commence à ranger ses maigres affaires.

« Bon, ben, je te laisse t'installer…

– Merci, je crois que je vais m'en sortir », répond Ilse en souriant.

L'adolescente s'arrête sur le seuil de la chambre, semble hésiter, puis se retourne brusquement.

« C'est vraiment toi, Ilse Wolfe ? »

Ilse se contente de hocher la tête. Les yeux écarquillés, rougissante, l'adolescente quitte le dortoir en trombe.

Tête penchée, Ilse sèche ses nattes dans une serviette, suspend sa veste mouillée à un cintre. Elle renifle ses aisselles, une douche ne serait pas superflue. Les sons de la cour montent jusqu'à elle, coups de sifflet, coups de feu, ordres répétés. Une chemise propre est suspendue dans son casier, elle l'enfile.

Ilse arrive de Berlin où elle dirige un service de presse du BdM, la ligue des jeunes filles allemandes. Rien de très excitant mais c'est tout ce qu'on lui a proposé. Elle rédige des communiqués optimistes, pour ne pas dire mensongers, sur la situation militaire, fait l'éloge de l'enthousiasme de la jeunesse, de sa foi en la Victoire Finale. Ilse est assez informée pour savoir que les chances de vaincre sont minces. Jamais elle n'aurait imaginé, quelques années plus tôt, qu'une défaite était possible. Le seul fait d'y penser est déjà de la trahison. Des années d'aveuglement et soudain, la douche froide. Elle y a cru à la communauté du peuple, à l'esprit fraternel, à l'égalité de classe et à la fin de la misère, à la fin de l'asservissement aux puissances étrangères et aux Juifs. D'ailleurs, elle y croit encore, davantage pour se conformer à l'idéologie ambiante, par crainte d'être considérée comme faible, et aussi, elle se l'avoue avec un peu de honte, parce qu'il n'y a pas d'autre choix. Les dés sont jetés. Il est trop tard pour abandonner, elle est mouillée jusqu'au cou.

Ilse ouvre la fenêtre. Respirer l'air de la campagne lui fait du bien. Depuis des mois, elle escalade des montagnes de briques pour rejoindre son bureau. Un jour elle traverse une rue, le lendemain, celle-ci n'existe plus. Pompiers, secouristes, population armée de pelles et de pioches travaillent dans le silence. Là-bas, l'air est chargé de poussière. Il neige des cendres.

Ilse a fait son choix en toute conscience, elle se battra. La défaite n'est pas une option. Et si le national-socialisme doit disparaître, elle disparaîtra avec lui.

Elle enfile un pantalon de parachutiste au moment où un jeune sergent entre. Il rougit.

« Jamais vu une fille en culotte ? »

Il balbutie une excuse, serre son calot entre ses doigts rouges.

« Le général Prützmann te demande. Je dois te conduire à lui.

– Ne reste pas planté là. Va m'attendre dans le couloir. »

Enfin habillée et chaussée, Ilse suit le jeune sergent jusqu'au bâtiment principal, un corps de ferme de deux étages en brique rouge. Il bavarde beaucoup pour un SS, dit s'appeler Max, dit qu'ils vont travailler ensemble, dit que c'est un projet secret de la plus haute importance. Il est ravi. Manifestement, il en sait plus qu'elle. Peut-être qu'elle devrait s'intéresser davantage à lui ? C'est un de ces gosses qui n'ont pas encore atteint l'âge adulte et qu'on verse dans la SS pour regarnir les rangs décimés par le front russe. Des morts en sursis. Un planton assis derrière une petite table prend le relais. Le sergent s'éclipse en lui murmurant : « On se retrouve plus tard au réfectoire. » Des sonneries stridentes résonnent derrière la vitre du central téléphonique où quatre personnes s'agitent, casque sur les oreilles. Des lumières palpitent, bourdonnent et cliquettent sur des panneaux traversés de dizaines de câbles. Le planton se lève, salue Ilse et s'en va vers la double porte qui barre le fond du couloir. Les ampoules du plafond clignotent un instant, s'éteignent et se rallument. Il toque et attend quelques secondes avant de laisser entrer la nouvelle recrue.

Paupières mi-closes sur un regard inexpressif, le général Prützmann raccroche le téléphone et fait un geste de la main vers Ilse. Une balafre strie sa joue gauche.

« *Heil Hitler !* Entrez, entrez. Asseyez-vous. »

Elle salue et obéit. Le général ouvre un dossier posé sur son bureau. Derrière lui, suspendu au mur de brique, un immense portrait en pied du Führer surplombe la pièce.

« Vous savez ce que c'est que ce camp ? »

Bien sûr qu'Ilse le sait. Ici, c'est un camp d'entraînement à la guérilla. Un camp du *Werwolf.* Ce nom, c'est une idée de Goebbels pour flanquer la trouille aux alliés. *Les loups-garous.* Ilse a rédigé plusieurs articles à ce sujet. Dans le cadre de la mobilisation générale, les civils sont appelés à combattre, quel que soit leur âge ou leur état de santé. La jeunesse du pays devient le fer de lance de ce nouveau dispositif. Son rôle est de semer la terreur et le chaos derrière les lignes ennemies en se fondant dans la population. Attaques surprises, sabotages, enlèvements, assassinats, telles sont les missions assignées à la jeunesse.

Ilse se contente de hocher la tête. Le général examine les feuillets qui composent son dossier.

« Ilse Wolfe, vingt-deux ans, née à Francfort le 12 septembre 1922, actuellement rédactrice en chef au service de presse du BdM. Entrée au BdM à treize ans comme volontaire, obtention de l'Abitur en 1938. Engagement dans les camps d'été à l'Est… Puis responsable de secteur… Je vois que vous avez obtenu vos brevets de vol à voile, et plusieurs récompenses dans cette discipline ? »

Il hausse les sourcils et l'interroge du regard.

« Championne junior d'Allemagne en 1939, monsieur. »

Le général passe sa langue sur ses lèvres épaisses. Ça produit un bruit désagréable, un son gluant de limace.

« Trois ans comme cheffe de camp féminin à l'Est, à Posen, Kutno puis Zamość, de 1941 à début 1944. »

Le général prend un air pensif, lève les yeux vers les poutres du plafond. Ilse reste assise, le dos bien droit, évite de danser d'une fesse sur l'autre.

« Quelle impression gardez-vous de ces années ? »

Les mots qui viennent aussitôt à l'esprit d'Ilse sont : frustrant. Harassant. Et finalement, déprimant. Elle se revoit sillonner la campagne à vélo, sans arme, malgré la présence dans les bois de terroristes polonais. Elle dirigeait un grand secteur de paysages désolés, vides, plats, tristes. Des fermes miteuses aux murs en torchis et aux toits de chaume, des jardins en broussaille, abandonnés, entourés de clôtures écroulées. Des bêtes malades et sales erraient dans des champs pierreux. Un pays de fainéants, rusés et bigots. Dieu est pour eux une affaire sérieuse. Dieu, c'est là-bas la réponse à tout. Si les bêtes sont malades, c'est Lui, si la récolte est mauvaise, encore Lui… Rien à voir avec leur incompétence et leur paresse. Elle se souvient que les voir prier la mettait en rogne. Dieu, c'est pour les faibles. Quand on a le Führer, pas besoin de Dieu. Ilse commandait ses *filles*, comme elle les appelait, des jeunes Allemandes volontaires pour le service du travail, toutes âgées de seize à vingt ans. Et du travail, elles n'en manquaient pas. Que peut-elle bien répondre à ce général ? Leur mission était d'exproprier les paysans polonais pour reloger des émigrants de souche allemande venus de tous les territoires conquis, de Volhynie, Bessarabie, Galicie… On donnait aux familles expulsées quelques heures pour déguerpir vers des camps de regroupement, sans tout à fait connaître le sens exact de ce mot. Ils n'avaient le droit d'emporter que quelques affaires, le contenu d'une charrette, pas davantage. Le reste devait servir à l'installation des futurs colons. Ilse peine encore à comprendre comment elle en est revenue vivante. Les paysans polonais les haïssaient, elle et ses filles. Ilse se souvient de s'être parfois rendue seule pour expulser une famille ici ou là, leur faire débarquer tout ce qu'ils avaient empilé sur leur carriole, pour vérifier l'inventaire, faire replacer dans la maison ce qu'ils tentaient d'emporter en douce. Les Polonais sont négligents et menteurs. Là, elle voyait les poings serrés, la haine dans les regards. Seule la crainte de l'uniforme et de l'autorité qu'il représentait leur faisait baisser les yeux. Ilse disait aux filles : « Ne leur tournez jamais le dos, gardez-les toujours dans votre champ de vision. » Des gamines courageuses, elle peut en attester. Ensuite, il fallait accueillir les déracinés à l'hygiène déplorable, arrivant en convoi, perdus dans ce nouveau pays. Ils ne comprenaient pas pourquoi on leur avait fait quitter leurs terres pour celles-ci. La plupart ne parlaient même pas allemand. Ilse devait leur expliquer qu'ils intégraient le Reich, qu'ils y trouveraient l'espoir, la paix et la prospérité. Il fallait surtout laver, repasser, repriser, repeindre, nettoyer, décrasser, curer, cuisiner, bêcher, planter les patates, biner les navets, couper le bois, traire les bêtes, épandre le fumier, expliquer aux mères comment s'occuper de leurs enfants, même faire la classe.

Oui, elle a giflé un paysan voleur, elle, une gamine qui avait tout juste vingt ans. Oui, elle en a battu un autre avec rage parce qu'il était insolent. Elle avait tant de pouvoir…

Le patriotisme est la vertu supérieure de la civilisation. Avec du courage et de la volonté, on peut venir à bout de tous les obstacles, n'est-ce pas ? Le retour au sein du Reich des populations allemandes était un projet merveilleux, sans doute aussi utopique. Il s'est heurté à la réalité du terrain. Mais ça, dans les bureaux de Berlin, tout le monde s'en foutait. Aujourd'hui, de l'Est, il ne reste rien. Tous les territoires conquis sont irrémédiablement perdus. Là-bas, Ilse s'est dépensée en vain. Là-bas, elle a appris à n'accorder aucune valeur à la vie humaine. Ilse ne croit pas que le général aimerait entendre tout ça. Alors elle répond après un long silence :

« C'était enrichissant. »

Prützmann sourit.

« Vous semblez parfaite pour le rôle.

– Le rôle ? »

Le général se lève, contourne son bureau et vient s'asseoir sur le rebord, face à Ilse. Il lui tend un feuillet. Une photographie y est agrafée.

« Vous reconnaissez cette femme ? »

Ilse est surprise. Son regard passe de la photo au général. Oui, elle la reconnaît.

« C'est Hanna Meissner, une écrivaine en exil dont les écrits sont interdits.

– Je vois que vous êtes bien informée.

– Je ne comprends pas… Elle vit en Suisse, il me semble. »

Prützmann retourne s'asseoir derrière son bureau et joint les mains.

« Ce que je vais vous révéler ici est strictement confidentiel. Hanna Meissner n'est plus en Suisse. Elle est ici, en Allemagne, à Francfort, sous la protection des Américains. Elle donne des conférences, intervient devant du public pour inciter la population à tourner le dos au Führer. C'est la plus ignoble des traitresses. Elle doit payer pour son crime. Le Reichsführer Himmler est entré dans une rage terrible en apprenant la nouvelle. Il veut qu'elle soit capturée et livrée à un tribunal du peuple pour y être jugée et condamnée à mort. Il veut en faire un exemple pour rappeler à ceux qui seraient tentés ce qu'il en coûte de nous trahir. C'est moi qu'il a placé à la tête de cette opération. Et vous ferez partie de l'équipe chargée de la ramener. En tant qu'éclaireur, ça va de soi. Vous êtes celle qui connaît le mieux la ville. J'organise une réunion avec les membres du commando dans trois heures. Le plan vous sera dévoilé à cette occasion. Le temps presse. Il faut agir pendant que nous le pouvons encore. En attendant, allez donc vous reposer. »

Le cœur battant, Ilse prend congé du général. Enfin, on lui confie une tâche à la hauteur de ses talents. Elle ressent une puissante excitation, presque sexuelle, à l'idée d'aller sur le terrain. Et si son heure de gloire avait sonné ? Encore grisée par l'entretien, elle s'allonge sur sa couchette sans parvenir à trouver le sommeil.

Le confort de la salle où se tient la réunion est réduit au minimum, il n'y a aucun meuble à l'exception d'une grande table couverte de cartes. Trois ampoules nues pendent du plafond dont l'éclat lutte avec la fumée de cigarette. Quelques officiers sont penchés sur la table et suivent attentivement le doigt de Prützmann qui glisse sur un plan. Ilse et une poignée de jeunes soldats se tiennent face aux gradés, de l'autre côté de la table. Elle est la seule fille du groupe avec qui elle a fait connaissance quelques minutes auparavant. Franz, le chef du commando, un lieutenant SS de vingt-quatre ans, se tient à côté d'elle. Derrière lui, Max se hisse sur la pointe des pieds pour regarder par-dessus son épaule. Georg, jeune pilote de l'âge d'Ilse, garde les bras croisés, les yeux rivés sur les cartes. Il y a aussi Dieter et Emil, respectivement dix-sept et seize ans, issus des jeunesses hitlériennes et formés au camp. Emil a les oreilles décollées, ça lui donne une allure sympathique. Herbert, le dernier membre du groupe, est aussi le plus âgé. C'est un garde-chasse qui servira de guide en forêt. Bien qu'étant la plus gradée, Ilse sait qu'elle n'a aucune autorité sur Franz, les SS ont toujours raison. Être la seule fille du groupe la met dans une position d'infériorité. Elle va devoir en faire plus que les autres pour prouver qu'elle mérite sa place.

Les rideaux sont tirés. Dehors, il fait presque nuit. Le général se redresse.

« D'après nos informations, Meissner sera à Francfort dans les heures qui viennent. C'est votre objectif. La ville est définitivement tombée aux mains des Américains il y a une semaine. Mais nous disposons encore de maigres forces sur place. Pas pour longtemps, je le crains. Il faut profiter du chaos pour agir. Vous êtes née à Francfort, Wolfe, vous connaissez la ville, vous y avez encore des contacts. C'est un atout au cas où l'équipe serait isolée. »

Prützmann pointe une intersection de deux routes sur la carte, au sud-est de la ville.

« Une fois Meissner capturée, vous suivrez cet itinéraire jusqu'à l'entrée de ce village, ici, où un transport vous attendra. Mémorisez le tracé et ne soyez pas en retard au rendez-vous, on ne sait pas combien de temps cette zone sera sous notre contrôle. Si vous êtes séparés, c'est le seul endroit où vous pourrez vous retrouver.

– Comment on se rend à Francfort ? demande Ilse.

– En planeur. Un DNS 230 qui sera tracté par un Stuka. Ils sont cachés dans le bois derrière la ferme. Décollage cette nuit.

– Je vais devoir piloter cet engin ? »

Les officiers sourient poliment.

« Non. Georg s'en chargera. Il a suivi une formation sur cet appareil. Vous l'assisterez en cas de besoin, et uniquement à sa demande. Le Stuka vous tractera le plus près possible de l'objectif avant de vous libérer. Ce sera ensuite à Georg de vous poser dans cette zone. »

Il encercle au crayon rouge un espace dégagé au nord de la ville. Les membres du commando échangent un regard.

« Deux de nos agents sur place auront allumé des feux pour baliser la piste d'atterrissage. »

Georg reporte l'information sur son plan de vol.

« Écoutez attentivement ce que je vais vous dire. Vous avez juré fidélité au Führer. Ne pas vous acquitter de votre mission sera considéré comme de la trahison, qui aura des répercussions sur vos familles et vos proches. »

Tous hochent la tête.

« Quels sont les ordres si on ne peut pas la ramener ? demande Franz.

– Abattez-la. Oui, en cas d'absolue nécessité, abattez-la. Pendez-la bien en vue pour faire un exemple. Il n'est pas question qu'elle poursuive son action. Mais vous devez d'abord déployer tous les efforts nécessaires pour la ramener en vie. Cette mission est d'une importance capitale aux yeux du Reichsführer. Ne le décevez pas. Des questions ? Rompez. »

Le silence retombe sur la pièce, puis les officiers satisfaits se serrent la main. Ilse s'attarde encore une fois sur les cartes, calcule la distance entre la zone d'atterrissage et les faubourgs de la ville. Près de trente kilomètres à travers bois… Ça semble si facile ! La ville a bien changé depuis sa dernière visite. Des milliers de personnes sont mortes. Le centre est détruit, la cathédrale a brûlé, les ponts sont au fond du Main. S'il faut le traverser, ce sera à la nage. La moitié des habitants a fui et les Américains fouillent sans doute les décombres cave après cave. Son cœur se serre. Même parmi les ruines, elle saura s'orienter, elle en est certaine. Les rues lui sont familières. Et si elles ne sont plus là, elle trouvera un moyen. Le foutoir auquel ils seront confrontés ne sera pas forcément à leur avantage. Population errant sur les routes, colonnes de prisonniers, déserteurs en maraude, pillards, patrouilles ennemies… Encore et toujours la symphonie du chaos. D'autres questions la préoccupent. Les Américains sont-ils informés de leurs intentions ? Sera-t-il si aisé de leur soustraire Hanna Meissner ? Ilse se rassure, un plan simple est un bon plan, elle l'a maintes fois éprouvé. Elle espère seulement que ses compagnons sont capables d'improviser. Il faut toujours improviser, ça aussi elle le sait. Et ce n'est pas le point fort des SS. Si elle avait reçu un reichsmark chaque fois qu'ils ont organisé une réunion inutile, sa fortune rivaliserait avec celle de Rothschild. Franz la tire de ses pensées.

« Wolfe, on y va. »

Les sept membres du commando passent dans la pièce voisine. C'est un vestiaire où les attendent leurs bagages. Ils revêtent des habits civils, abandonnent leurs papiers en échange de nouvelles identités. Chacun reçoit ensuite un pistolet équipé d'un silencieux. C'est la première fois qu'Ilse voit ce nouveau dispositif de réduction du son, un tube vissé au bout du canon. Elle soupèse l'arme, suit attentivement la démonstration de l'armurier qui leur remet ensuite un sac à dos chacun avec deux boîtes de munitions, quelques rations, une lampe de poche, un poignard et des chaussettes propres. Les cartes et la boussole sont pour Franz. Ilse ajoute du dentifrice et une brosse à dents à son paquetage, un morceau de savon. Elle compte mentalement les jours qui la séparent de ses prochaines règles. Ce n'est pas le moment d'être emmerdée avec ça. Treize, plus ou moins. Bien assez pour venir à bout de la mission. Enfin, un médecin entre et distribue à chacun une capsule de cyanure. Il suffit de la croquer et la mort vient presque instantanément. Aucun d'entre eux ne doit être pris vivant. Alors que le commando quitte le vestiaire, Franz retient Ilse par le bras.

« J'ai parcouru ton dossier. Je sais pour tes parents. Est-ce que ça va devenir un problème pour le groupe ?

– Non. Aucun problème, Untersturmführer. »

Ilse aurait préféré que cette information soit passée sous silence. En quoi est-elle pertinente ? C'est vrai, ses parents sont morts dans les bombardements de Francfort, l'année dernière. Elle n'a pas vu leurs cadavres arrachés aux décombres, mannequins désarticulés ensevelis sous les gravats, mais elle les imagine sans peine. À Berlin, elle en croise chaque jour en se rendant au travail. Des corps broyés, concassés, alignés sur le trottoir. Plus personne ne s'en émeut. Elle n'a vu que les cercueils, arrivée juste à temps pour la mise en terre. Elle a ressenti du chagrin, oui, ou ce qui s'apparente le plus à du chagrin. Ils n'étaient pas d'accord avec les idées de leur fille. C'était une source permanente de tensions, de cris, de larmes. Bien que n'étant pas nazis, ils se plaignaient toujours des Juifs. Sauf de ceux que la famille connaissait personnellement, comme les Kahn qui logeaient dans l'appartement du dessus, des gens charmants toujours prêts à rendre service. Ilse se souvient qu'elle distribuait aux Juives de sa classe des faux tickets de train qu'elle imprimait en secret, avec écrit dessus : *Aller simple pour Jérusalem*. Elle n'avait alors que treize ans. L'âge n'excuse pas tout, avait dit son père. Ils ne se voyaient plus beaucoup, ses parents et elle.

Elle a compris très tôt que la jeunesse doit s'élever seule, affranchie de la tutelle des adultes et de la société telle qu'ils l'ont connue. Des enfants guidés par un idéal de force et de beauté. « Le jeune Allemand doit être mince et élancé, agile comme un lévrier, résistant comme le cuir et dur comme l'acier de Krupp », a déclaré le Führer. Hypnotique programme. Reste-t-il quelque chose du cimetière où ils sont enterrés ?

Ilse se sent en pleine possession de ses moyens. Une bonne hygiène de vie, même dans des conditions peu propices, c'est la clé. De l'exercice physique, elle n'en a pas manqué.

Son corps ne l'a jamais trahie. Sa respiration s'emballe pourtant à mesure que l'heure du départ approche. Ne pas montrer son anxiété, ni sa fébrilité, même si ses genoux tremblent un peu. Elle voulait de l'aventure, la voilà servie.

4

14 avril 1945.

Hanna est assise à l'arrière de la jeep qui circule au milieu des ruines. L'air de cette fin d'après-midi est froid et humide, chargé de poussière collante. C'est dans cette ville qu'est mort Schopenhauer, bien malgré lui l'un des maîtres à penser de Hitler. Dans la vie, tout est affaire de volonté. Le major Turner a tenu à prendre le volant et zigzague entre les amoncellements de débris, poursuivi par des enfants affamés. Le chauffeur profite de la promenade sur le siège passager. Francfort a bien changé. La dernière fois que Hanna y est venue, c'était en septembre 1932 pour une rencontre publique dans une librairie dont elle a oublié le nom. Existe-t-elle encore ?

La population arpente les ruines à la recherche d'eau, de charbon, ou de quelque chose à manger. Elle manque de tout. Les plus curieux se massent près des blindés au repos. Voici donc ces Américains ! Hanna en voit même sourire, sans deviner s'il s'agit de joie ou d'amertume. Des petits groupes de civils armés de pelles déblayent les gravats, empilent des briques qui pourront resservir, c'est à peine s'ils remarquent les prisonniers qu'on fait défiler devant eux en longues colonnes. Les GI se reposent où ils peuvent, se détendent au milieu des immeubles éventrés, fument avec une nonchalance irritante. Que sont devenus les Allemands ? Après plus de dix ans d'absence, Hanna ne reconnaît rien et observe autant qu'elle est observée. Des femmes qui patientent dans d'interminables files devant les fontaines lui lancent un regard hostile. Tout le désespoir de l'Allemagne tient dans ce regard : un mélange de stupeur, d'amertume et de résignation. Il reste une étincelle de fierté, une puissante combativité tapie là tout au fond qu'il faut redouter. La flamme brûle encore. Et l'ordre perdure dans le chaos. Où puisent-elles leur force ? Hanna peine à déchiffrer ses émotions après cette longue absence. Elle se sent étrangère dans son propre pays. C'est une terre désolée dans laquelle elle doute déjà qu'il y ait encore un esprit de liberté à réveiller. Ce qui se terre dans ce regard, c'est l'emprise du national-socialisme et l'immense déception du rêve brisé. Y a-t-il ici une seule âme que le Führer n'ait pas subjuguée ? Paul avait raison, et Hanna regrette déjà d'avoir entrepris ce voyage. Paul est un sage, il sait prendre le temps de la réflexion, peser les éléments, il ne fait jamais rien au hasard. La spontanéité n'a pas sa place dans son univers.

Au loin, là où les combats ont été les plus féroces, s'élèvent les fumées des incendies mourants. La cathédrale Saint-Barthélemy, noire de suie, se dresse seule au milieu des décombres. Il n'en subsiste que les murs. Le cœur de Hanna se serre. Il y a si peu de bâtiments intacts. La jeep fait un détour le long des berges du Main pour trouver un pont praticable. Partout le même spectacle de désolation, wagons de tram déchiquetés, amas de ferrailles, entrepôts calcinés, gouffres béants hérissés de canalisations, immeubles éventrés qui ont vomi leur mobilier dans la rue.

Quelles âmes reste-t-il à reconquérir dans cet enfer ? La population a trop souffert pour tendre l'oreille.

La jeep stoppe enfin devant un bâtiment presque intact. Un grand drapeau à croix gammée gît sur les marches.

« Ce sont les locaux de la Gestapo, dit Turner en invitant Hanna à descendre. J'ai pensé que ça pourrait chasser vos angoisses. »

Ils gravissent la volée de marches pour déboucher dans un hall désert. Bureaux, téléphones, machines à écrire, banquettes, manteaux suspendus aux patères, tout le décor est là, il ne lui manque que la vie. Hanna déambule de pièce en pièce comme on visite un zoo. Tout est conforme à ses souvenirs, des locaux semblables à ceux où elle a été interrogée des années plus tôt. Ici, un portrait du Führer tout juste décroché par les soldats, là, des dossiers sans valeur éparpillés, des meubles à tiroirs ouverts, des chaises renversées, des mégots écrasés par terre. Un départ dans la précipitation. Un voisin les informe que le personnel a évacué il y a huit jours, en pleine nuit. Trois camions où ils ont entassé ce qu'ils pouvaient emporter. Le reste a été brûlé, conclut-il en montrant les barils remplis de cendres dans la cour.

« Pourquoi vous me montrez ça ?

– Pour vous convaincre qu'ils sont partis, et qu'ils ne reviendront pas. Vous êtes en sécurité, Hanna. »

Turner l'invite à quitter les lieux.

« Maintenant, allons voir où nous sommes logés ! Sergent, prenez le volant. »

La jeep repart avec son équipage, longe de nouveau le fleuve où des équipes du génie assemblent un pont flottant. Le chauffeur hésite parfois à une intersection, demande son chemin aux nombreux postes de contrôle qui jalonnent le parcours. Enfin, dans un faubourg épargné, la jeep stoppe devant une belle villa Gründerzeit, blanche à colombages peints en rouge, séparée de la rue par une grille ouvrant sur un jardin. Des soldats montent la garde.

« Voilà notre hôtel ! » s'exclame Turner.

Hanna prend son sac et suit Turner à l'intérieur. C'est une belle maison, aux parquets cirés en point de Hongrie, aux tapis anciens, un peu usés, presque attendrissants. Le bois a la couleur du noyer, des rideaux de velours verts pendent aux fenêtres. Une odeur qu'elle ne parvient pas à identifier flotte dans l'air. Alors qu'elle s'approche d'une porte entrebâillée, Turner, surgit d'elle ne sait où, lui barre le passage.

« Il n'est pas utile que vous voyiez ça.

– Au contraire, j'ai besoin de tout voir.

– Cette maison appartenait à une famille juive. Elle était devenue la résidence d'un responsable local du parti. Ils ont préféré se donner la mort plutôt qu'accepter la défaite.

– Ou bien ils n'ont pas trouvé le courage d'annoncer la perte de la ville à leur Führer. »

Le major pousse la porte. À l'intérieur, les relents suffocants de la mort flottent autour de trois cadavres. Un homme assis au bureau, le buste écroulé sur le plateau, la tête dans les bras, comme s'il dormait. Dans le fauteuil face à lui, une femme est étendue, ses bras pendent par-dessus les accoudoirs, la tête jetée en arrière. Et enfin une jeune fille, presque lascive, une vénus allongée sur le divan dans les coussins. Elle est belle, ses dents scintillent dans sa bouche entrouverte qui semble vouloir dire quelque chose. Ils sont là depuis quelques jours, attendant d'être découverts. Un tableau macabre. Dans le silence absolu, Hanna entend le tic-tac de la montre de l'homme, la vie s'est arrêtée mais la mécanique continue de fonctionner. Suicide collectif au cyanure. Un immense portrait de Hitler, encore un, les poings sur les hanches, orne le mur juste au-dessus de la jeune fille.

« On va le décrocher, madame. »

Hanna acquiesce. Cette image omniprésente de Hitler l'oppresse. Il couve de son regard chaque famille allemande depuis plus de dix ans. Les cathédrales ont leur retable, les Allemands ont leur Führer.

Des brancardiers entrent, rompant le silence. Turner leur fait signe d'emporter les corps. Un soldat ouvre les fenêtres en grand.

Les brancards couverts d'un drap quittent la pièce. La main de l'homme glisse et s'échappe, laissant apparaître la montre à son poignet. Hanna détourne les yeux. En nouveau propriétaire, Turner détaille le mobilier avec admiration.

« Choisissez une chambre et punaisez votre nom sur la porte. Les autres locataires vont bientôt arriver. Certains en pleine nuit. J'espère que vous n'avez pas le sommeil léger. »

Une gouvernante, petite femme robuste cintrée dans une robe grise boutonnée jusqu'en haut, les yeux pleins de mépris, attend au pied des marches. Tout en elle exhale l'austérité et la sobriété. Hanna lui dit qu'elle a besoin de se reposer. La gouvernante frémit en l'entendant s'adresser à elle dans sa langue. Elle pince les lèvres et la précède dans l'escalier sans un mot. Une traîtresse à la nation sous ce toit, c'est trop pour elle. Elle ne prend même pas la peine de dissimuler ses sentiments. Au contraire, elle veut que ça se sache, bien qu'elle n'en laisse transparaître que l'écume. Hanna choisit la seule chambre dont la clé est restée dans la serrure. Elle compte bien s'y enfermer. On ne sait jamais. Elle voudrait téléphoner à Paul, mais les lignes sont encore hors service. Elle enverra un mot demain. Il doit s'inquiéter.

Hanna ouvre la fenêtre sur le jardin. Le souvenir encore frais de la famille sans vie du rez-de-chaussée la hante. Qu'est-ce qui les effraye autant dans l'avenir ? Elle cherche à comprendre leur geste, mesure l'emprise de la promesse faite à tout un peuple, la puissance du pacte. Même la jeune fille. Quel âge pouvait-elle avoir ? Quinze ou seize ans à peine ? Elle a préféré se sacrifier. Hanna s'inquiète pour le futur de cette jeunesse qui choisit la mort plutôt que la vie.

Dans la rue, au-delà des grilles, un camion surmonté d'un haut-parleur passe et crépite en allemand : « Vous êtes dans une zone sous contrôle des forces armées américaines, la population est autorisée à sortir entre 8 heures et 10 heures, et entre 16 heures et 18 heures. Toute personne qui ne respectera pas le couvre-feu sera arrêtée. Les actes de sabotage sont punis de mort. »

La pièce est propre, le lit est fait. Il y a un nécessaire de toilette, des serviettes soigneusement pliées, un bouquet de fleurs séchées sur une commode, une armoire trois portes avec un grand miroir en son centre. Et une table sur laquelle Hanna dispose un carnet, quelques feuilles blanches et un stylo. Elle écrira ici. De son sac à dos elle tire ses affaires, ouvre un tiroir de la commode tapissé de vieux papier journal pour les y ranger. Ça sent la naphtaline. Elle a d'abord besoin de se laver, sa peau est grasse, couverte d'un dépôt légèrement visqueux, résidus de carburant brûlé, de poussière. Une migraine couve, elle en devine les premiers signes.

Hanna part à la recherche de la salle de bains, se douche, se rhabille aussitôt. Il lui paraît inconcevable de circuler en peignoir dans cette maison nazie.

Deux véhicules se rangent devant l'allée. Un groupe d'invités en descend. Surtout des hommes. Journalistes, photographes, tous en uniforme américain. Hanna ferme sa porte à clé et s'assied. Elle a un discours à rédiger. Son premier discours, elle l'a prononcé il y a trois jours dans un ancien gymnase devant les autorités, un parterre d'officiers américains et quelques Allemands triés sur le volet. La reconquête des esprits. Durant les longues minutes où elle était seule sur l'estrade, derrière un pupitre, elle scrutait les visages allemands, lisses, polis, cherchant à déchiffrer leurs pensées. Deux fois, elle a buté sur un mot, torturée par l'idée qu'elle n'était pas légitime. Voilà exactement ce que reflétaient leurs visages. Hanna Meissner est une étrangère. Nous l'écoutons parce qu'on nous y oblige. Elle n'est plus des nôtres. La migraine survient. Hanna s'allonge.

5

15 avril 1945.

La pluie a cessé, une brume éparse est en train de se former au ras du sol. Il est minuit passé. Le stuka apparaît le premier à la lisière du bois, puis c'est au tour du planeur, d'une capacité de dix places. Des soldats poussent les appareils dans le champ à la lueur des projecteurs. Cette étendue herbeuse servira de piste de décollage. Ilse observe ses camarades à la dérobée. La pression monte, chacun est concentré, refermé sur lui-même, silencieux. Une fois le câble de remorquage accroché, l'équipe s'installe à bord du planeur, sur la banquette centrale. L'espace est réduit, oppressant, fait d'un assemblage de tubes métalliques, de bois et de toile. Le pilote est déjà installé dans l'étroit cockpit que rien ne sépare du reste du fuselage. Ilse respire lentement pour calmer les battements de son cœur. Le vol en planeur, elle connaît. Mais d'ordinaire, c'est elle qui tient le manche. Assise juste derrière le pilote, elle observe sa nuque en se demandant s'il sera à la hauteur. Ilse n'a jamais effectué de vols de nuit. Ils comportent de nombreux risques, surtout les nuits sans lune comme aujourd'hui. Qu'arrivera-t-il si par malchance aucun feu n'est allumé pour les recevoir ? S'ils manquent la zone d'atterrissage ? Franz doit ressentir ses doutes car il l'interroge du regard. Elle détourne la tête et se plonge dans la contemplation des instruments de bord, par-dessus l'épaule du pilote, mettant un nom sur chaque cadran, chaque manette.

La carcasse de tubes et de toile vibre lorsque le câble se tend. À travers le cockpit, Ilse voit le stuka s'élancer sur la piste improvisée. Un ou deux à-coups et le planeur s'élance à son tour. Il fait quelques bonds sur l'herbe et prend de la vitesse. L'équipage est secoué, la structure tremble. La voilure traverse la brume et la disperse en tourbillons. Enfin, le planeur s'élève, rasant la cime des arbres. Herbert, le vieux garde-chasse, s'est endormi. Franz, assis contre Ilse, est livide. Ses prunelles scintillent dans l'obscurité. La jambe gauche d'Emil bat nerveusement le sol. Le vent fait siffler la carlingue.

La moitié du groupe somnole, redressant la tête d'un coup à chaque sursaut de l'appareil. Ilse allume brièvement sa lampe de poche pour lire l'heure à son poignet : 2 h 24. Voilà plus de deux heures qu'ils sont en vol. Il reste approximativement trente minutes avant le décrochage du câble de remorquage. Le stuka redescend alors sous la couche nuageuse. Dessous, tout est noir, pas le moindre indice sur le relief survolé. Ilse observe le tableau de bord dont la luminosité est réduite au minimum. Elle lit l'altimètre, l'anémomètre, le compas, cherchant elle ne sait quelle anomalie. Soudain, des explosions illuminent le ciel. L'équipage sursaute, inquiet. Des boules de feu jaillissent de part et d'autre du fuselage. Le planeur vibre et tangue. Le pilote pousse un cri terrible. Ilse tourne la tête. Le cockpit est transpercé de part en part, la verrière a été arrachée, le vent s'engouffre dans la carlingue en sifflant. Des lambeaux de toile battent contre la structure de tubes. Le pilote est mort, la moitié du visage arrachée. Une nouvelle secousse agite l'appareil. En passant la tête à l'extérieur, Ilse aperçoit un trou béant dans l'aile droite. L'équipage se cramponne aux poignées des banquettes. Certains gémissent, d'autres crient à pleins poumons. Par le trou du cockpit, Ilse voit le stuka s'enflammer et plonger vers le sol, entraînant le planeur avec lui. Le câble grince sous la tension. Ilse secoue Franz.

« Aide-moi ! »

Chacun agrippe le cadavre du pilote sous les aisselles pour le tirer à l'arrière, hors de son siège. Les autres membres du groupe hurlent de peur. Un projectile traverse le centre du planeur, arrachant la banquette. Emil, hébété, scrute le trou par lequel le garde-chasse vient de disparaître. Ilse crie :

« Il faut détacher le câble ou on va s'écraser ! »

Elle enjambe le dossier du siège poisseux de sang, s'assied et empoigne le manche, cale ses pieds sur les pédales du palonnier. Sous elle, il n'y a que le vide qui défile. Le planeur résiste, pique du nez dans le sillage du stuka en flammes. Ilse cherche la commande de largage. Elle la trouve à tâtons, l'actionne sans parvenir à la débloquer. Le projectile qui a atteint le cockpit a tordu la manette. Franz est cramponné au dossier du siège, juste derrière Ilse qui prend la commande à deux mains et tire de toutes ses forces. Soudain, le planeur est libéré et se cabre sous l'effet du vent. Ilse vire à droite, cherchant à s'éloigner des tirs. Les boules de feu éclatent tout autour de l'appareil, arrachant des morceaux d'ailes.

« On doit se poser ! »

Le planeur résiste, se met à vibrer de plus en plus fort. La gouverne de queue ne répond plus et les volets de l'aile gauche ont été arrachés. L'anémomètre s'affole, la vitesse de l'appareil est trop grande. Les ailes vont se disloquer d'une seconde à l'autre.

« Cramponnez-vous. On va s'écraser ! »

Franz retourne à l'arrière et s'agrippe aux sangles qui pendent du plafond.

Le manche résiste, le planeur poursuit sa descente, hors de contrôle. Il faut le ralentir ou l'impact le disloquera et ce qui reste de l'équipage avec. Soudain, Ilse se souvient que cet appareil est équipé d'un parachute de freinage. Il faut trouver la commande. Sous ses pieds défile déjà la cime des arbres. Au hasard, Ilse enfonce chaque commande, actionne tous les leviers que ses mains trouvent. Soudain, le parachute s'ouvre. L'appareil ralentit brutalement, grince, se brise en deux sous la force qui le tire vers l'arrière. Dans un ultime effort, Ilse incline le manche pour redresser ce qui reste du planeur. Le sol se rapproche à une vitesse vertigineuse. Des branches fouettent la carlingue, arrachent des pans entiers de toile au fuselage. Tout à coup, la forêt disparaît pour laisser place à un champ. Ilse lâche les commandes, saisit les sangles du siège et se roule en boule juste avant l'impact. L'appareil heurte la terre labourée, creusant un sillon dans les mottes. Il ricoche, bascule, roule sur lui-même dans d'affreux grincements de métal. Enfin, il s'immobilise.

⋆

Lorsque Ilse ouvre les yeux, sa première pensée est pour Göring. Elle ignore pourquoi. Sans doute parce qu'elle est sonnée, peut-être que ça a un rapport avec l'image du stuka en flammes encore imprimée sur sa rétine. La première question de son examen de rédactrice lui revient en mémoire : écrivez la liste des médailles et distinctions obtenues par le maréchal Göring. Quelle connerie !

Son bref sourire éveille toutes ses douleurs. Ses vêtements sont déchirés, sa respiration saccadée. Lentement, elle déplie ses bras, ses jambes. Apparemment, rien de cassé. Aucune blessure apparente. Un miracle. En tâtant sa tête, elle rencontre une plaie, du sang séché colle ses cheveux. Ses côtes et son ventre lui font mal. Depuis combien de temps est-elle inconsciente ? Soudain, elle pense aux Américains. Ils peuvent débouler d'un instant à l'autre. Elle s'extirpe de la carcasse, se laisse tomber au sol, tente de se remettre sur ses pieds, lutte contre les vertiges. Il ne reste du planeur qu'un entrelacs de tubes mâchés. À l'autre bout du champ, Ilse aperçoit la queue de l'appareil qui termine de brûler. Excepté les maigres flammes, la nuit est parfaitement noire, silencieuse. Ilse cherche le bois des yeux. Elle distingue sa masse plus sombre à cent mètres sur la droite de l'épave. Il faut vite s'y réfugier. En faisant quelques pas mal assurés, elle se demande si ce n'est pas la défense antiaérienne allemande qui les a mis au tapis. Ce vol est secret. Ilse se dit qu'elle doit garder cette intuition pour elle.

Franz est agenouillé dans le champ boueux. Il a de la terre plein la bouche, il tousse, crache et se laisse tomber sur le côté. Ilse le laisse où il est, préfère d'abord regarder dans la carlingue éventrée. Le maigre faisceau de sa lampe torche balaye l'obscurité. Elle trouve le corps d'Emil, empalé sur un tube de la structure. Ce pauvre gosse n'a pas eu de chance. Il est mort épouvanté, ses yeux exorbités en attestent. Puis elle découvre Max, inconscient mais vivant. Dieter est introuvable. Il a dû être éjecté au moment de l'impact. Soulevant Max par les aisselles, elle le tire hors de la carcasse. Il gémit. La vie est encore là. Ils ne sont plus que trois. La brutalité du constat lui fait perdre l'équilibre. Elle ne pense qu'à la mission. La mission compromise.

Franz s'est levé, il se tient les côtes et s'approche d'elle.

« Les autres ? »

Ilse secoue la tête.

« Merde.

– Il manque Dieter. Je l'ai pas trouvé.

– Passe-moi ta lampe, je vais le chercher. On ne sait jamais.

– Il faut se mettre à l'abri dans les bois. Les Amerloques ne vont pas tarder.

– Je sais. Emporte Max, je te rejoins. »

Sans perdre de temps, Ilse le traîne jusqu'à la lisière de la forêt. S'il s'agit vraiment des Américains, ça veut dire que le planeur a dévié du plan de vol. À moins que l'ennemi ne se soit déjà enfoncé plus loin dans le pays que le général ne le croit ? Max reprend connaissance. Il a une plaie ouverte au côté et l'épaule déboîtée. Ilse la remet en place d'un coup sec. Pour le reste, il faudrait une trousse de secours. Ilse déchire une manche de sa veste et taille des bandes de tissu avec son poignard. Max crie quand elle serre le bandage. Franz revient au bout de quinze minutes, traînant un corps. C'est Dieter. Inconscient, il a les deux jambes brisées et perd beaucoup de sang. C'est foutu, pense Ilse. Il n'ira pas plus loin.

« Qu'est-ce qu'on fait de lui ? » demande Franz.

Ilse prend le pouls de Dieter.

« Il est mort. Il faut qu'on dégage. Le temps presse. Mais avant, on doit savoir où on se trouve. La carte ? La boussole ?

– Envolées avec l'arrière du planeur ! crie Franz. Putain, on est paumés, on a perdu presque toute l'équipe et on n'a plus de matériel. »

En colère, il écarte les bras vers la carcasse du planeur. Ilse se plante devant lui. Si seulement ces imbéciles avaient gardé leur sac sur leur dos au lieu de le déposer à leurs pieds...

« C'est bon, t'as fini ? Je savais pas que les SS se mettaient à chialer au premier accroc. »

Une claque sonore résonne, Ilse a la joue en feu.

« Tu ne me parles pas sur ce ton, Wolfe ! Je suis le chef de groupe ! Tu nous as foutus dans cette situation, c'est à toi de réparer tes conneries. »

Max observe le duel en silence. Les larmes aux yeux, Ilse serre les poings, prête à répliquer. Sa dernière gifle remonte à des années, reçue de sa mère. Elle se souvient avec précision de l'humiliation qu'elle avait ressentie, l'injustice aussi, de la tache rouge en feu imprimée sur sa joue, de la honte de l'avoir méritée. C'était un dimanche ensoleillé de mai, à une terrasse de café. Ilse avait déclaré à ses parents qu'elle allait s'inscrire au BdM, ce que sa mère avait refusé. Tu es trop jeune, avait-elle dit en posant ses couverts. La discussion s'était envenimée jusqu'à la claque. Ilse avait méprisé sa mère pour ce geste, mais aussi parce qu'elle sentait chez cette femme un refus de faire partie de la communauté du peuple. Pauvre maman, pense Ilse. Franz vient de la ramener en enfance pour quelques secondes. À ses parents morts.

Elle comprend qu'elle ne doit attendre aucune aide des deux SS. Ils ont perdu leur sac, leurs rations, leur matériel, leur arme. Deux poids qu'elle va devoir traîner. Elle aurait dû les abandonner dans ce champ et poursuivre seule la mission. Ils ont intérêt à suivre la cadence ou elle les larguera dans la nature, elle s'en fait la promesse. Ilse préfère garder pour elle l'éventualité que le planeur ait été descendu par des tirs allemands. Franz n'est pas prêt à encaisser cette information. Combien de kilomètres ont-ils parcourus en vol après la perte de contrôle de l'appareil ? Quatre, dix ? Une chose est sûre, ils ont complètement raté la zone d'atterrissage. Sans carte ni boussole, ils sont perdus. En tout cas, jusqu'à ce que le jour se lève. Ilse ramasse son sac et le hisse sur ses épaules.

« On doit trouver un village, une ferme, une route, n'importe quoi pour nous remettre dans la course. Le mieux serait de trouver un point haut. Francfort se voit de loin. »

Franz hésite, danse d'un pied sur l'autre. Sans le groupe, il est perdu et ça le ronge. Ilse le voit souffrir, davantage de son impuissance à prendre une décision que de sa blessure au côté. De celle-ci, il survivra.

« Voilà ce qu'on va faire, dit-il enfin. On rebrousse chemin vers nos lignes et là, on informe le général de la situation. Il nous donnera de nouvelles instructions.

– Pas question. On perdrait notre avantage. Qui nous dit que Meissner sera encore à Francfort dans deux jours ? Moi, je ne vais pas me débiner devant le premier obstacle.

– Tu insinues que je manque de courage ? »

Ilse ne répond pas. Elle tourne les talons et s'enfonce dans le bois. Elle a glissé son pistolet dans sa ceinture. Juste au cas où.

« Très bien *Fräulein* je sais tout. Par où on va ? »

Ilse allume sa lampe quelques secondes pour pointer une direction puis l'éteint et disparaît entre les troncs. Elle n'a pas oublié les cours d'orientation du BdM, les longues marches à travers la campagne, les forêts, les montagnes. Les deux autres lui emboîtent le pas. L'un d'eux trébuche et étouffe un juron. Ilse accélère l'allure.

Le sol de la forêt est couvert d'une bouillie d'aiguilles de résineux et de feuilles pourrissantes, de pierres luisantes d'humidité, de mousses grasses gorgées d'eau. Partout des arbres couchés dont l'écorce s'est détachée et gît en grandes plaques sur la terre noire. Les hauts épicéas n'offrent pas de lumière, laissant seulement passer la pluie. Ilse resserre les bretelles de son sac à dos qui lui scient les épaules. À quelques pas derrière elle, Franz et Max ont cessé de chuchoter.

Deux heures plus tard, le trio arrive à l'orée du bois. Dans les premières lueurs du jour, ils aperçoivent le tracé sinueux d'une route. La pluie recommence à tomber, froide, drue.

Soudain, un coup de feu claque. Ilse se jette à terre. Franz et Max rampent jusqu'à elle.

« Quelqu'un a vu d'où ça venait ? »

Soudain, une petite tête coiffée d'un casque émerge d'un trou sur leur gauche, en lisière du bois. Elle crie :

« Sortez de là les mains en l'air ! Et que je les voie bien ! »

La voix est jeune, presque enfantine.

« Allemand ? » crie Ilse sans se redresser.

Un court silence s'installe.

« Et vous ? »

Oubliant toute prudence, Franz se lève et marche dans la direction du gamin.

« Je suis le SS-Untersturmführer Franz Heider ! Alors tu sors de là et tu te mets au garde-à-vous, bordel ! »

Après une nouvelle hésitation, le gamin pose son fusil, s'extirpe de son trou et salue, raide, la main sur la tempe, le casque de travers. Franz se plante devant lui, furieux.

« Où t'as appris à saluer, toi ? On dit "*Heil Hitler*" petit con et on tend le bras ! Qu'est-ce que tu fais là tout seul ? »

Max et Ilse rappliquent au pas de course, penchés en avant, au cas où un autre tireur serait embusqué dans les parages. Le gosse n'a pas plus de douze ans, sa vareuse trop grande est boutonnée samedi avec dimanche. Son casque brinquebale sur sa tête, la visière au ras des yeux. Il hurle :

« Les autres ont dû se carapater cette nuit. Quand j'ai ouvert l'œil, y avait plus personne. Ils m'ont abandonné ces salauds !

– Tu peux arrêter de gueuler ?

– Quoi ? »

Franz lui colle une claque sur le casque. Ça résonne comme une gamelle vide. Rudi, c'est son prénom, braille plus qu'il ne parle. La faute à la guerre. Il raconte qu'une bombe est tombée sur sa maison et a tué toute sa famille. Sauf lui. Il a gardé de cet événement ce regard un peu écarquillé et les tympans crevés par la déflagration. Alors il braille. Ilse inspecte les autres trous à la recherche de quelque chose d'utile. Elle ne trouve ni arme, ni provisions, ni carte. À peine une pelle, une tablette de chocolat entamée et un sac de toile qu'elle déchire en bandes pour renforcer le pansement de Max.

Dans le trou de Rudi, il y a un lapin. Un beau lapin au pelage doux et soyeux. Le gamin le saisit et le serre contre sa poitrine.

« C'est Putzi ! », gueule Rudi en le présentant aux autres.

Voyant le regard affamé que Max pose sur l'animal, il hurle :

« Non ! Personne ne mangera Putzi ! Il monte la garde avec moi !

– Assieds-toi et écoute, dit Ilse à son oreille. On est perdus et on doit se rendre à Francfort le plus vite possible. C'est important. Tu connais le coin ? Tu peux nous guider ? »

Le regard suspicieux de Rudi passe sur les trois inconnus. Avec l'aube naissante, leurs vêtements sales, déchirés et tachés de sang apparaissent plus clairement.

« Vous avez l'air de déserteurs, si vous voulez mon avis ! Je sais pas si je peux vous aider ! Ça peut coûter cher ! »

Franz entraîne Ilse à l'écart. Il n'a pas l'intention de s'embarrasser d'un gamin. Rudi les voit gesticuler sans rien entendre d'autre qu'un sifflement. Max lui pose une main amicale sur l'épaule, l'air de dire : t'en mêle pas, ça va s'arranger. Ilse a l'habitude des gamins, elle en a côtoyé beaucoup à l'Est. Des fils de paysans, souvent obtus, sans éducation. Elle parvenait toujours à en obtenir ce qu'elle voulait. De la fermeté. Franz, lui, ne connaît que la discipline des camps d'entraînement. On y mange à sa faim, on y est en sécurité. Ce gamin avec un lapin sous le bras, c'est l'élément idéal pour endormir la méfiance de l'ennemi.

Rudi lève les yeux vers Max.

« Je veux pas d'ennuis moi ! Ça me retombera sur la poire vos manigances ! »

À bout de patience, Franz rapplique et lui colle une nouvelle claque sur le casque. Rudi se tasse. Ilse tire ses provisions de son sac et en partage une partie avec les autres. Elle tend le chocolat à Rudi, qui croque dans la demi-tablette. Dans un trou, adossés à la paroi de terre humide, ils mangent en écoutant Rudi brailler :

« Le Reich s'arrête à la route là-bas ! Les champs sont minés par les gars de chez nous, faut faire gaffe où on met les pieds ! Mais je connais les emplacements, j'étais là quand ils ont enterré leurs charges ! Je peux vous guider jusque Francfort !

– T'emportes pas le lapin, lui crie Franz dans l'oreille.

– Si, je l'emporte !

– On est des loups, dit Ilse, et les loups ne jouent pas avec les lapins. »

Rudi semble prendre la remarque en considération, réfléchit un moment puis déclare :

« Putzi c'est un lapin, mais on pourrait dire que c'est un loup, lui aussi ? »

Ilse sourit et hoche la tête.

« D'accord, Putzi est des nôtres. »

Elle se met en route sous le regard noir de Franz.

Il pleut. Les champs sont tristes à pleurer, le paysage se noie. Dans les sillons inondés les mottes de terre noire affleurent en archipels. Une fine brume plane au ras du sol en bancs étirés. Des reliques de neige survivent dans les creux, de la neige sale et laide, implorant le redoux pour enfin disparaître, grêlée par les assauts de la pluie.

Leurs godasses s'enfoncent dans le sol détrempé, collent, font ventouse en chuintant d'affreux bruits de succion. En tête de cortège, Rudi tient son lapin sous le bras et traîne son fusil sur le sol par la sangle. Franz, juste derrière, l'engueule parce que ce n'est pas comme ça qu'on traite le matériel. Max vient ensuite, une main pressée sur sa blessure, penché en avant. Son pas est incertain. Il glisse, tangue, se rattrape sur le sol de sa main libre. Franz houspille Rudi à intervalles réguliers.

« C'est encore loin ? »

Ilse ferme la marche. Ses cheveux dégouttent sur sa nuque, canalisent entre ses omoplates l'eau qui ruisselle le long de sa colonne vertébrale jusque dans son pantalon. Sa propre respiration résonne sous son crâne jusqu'à devenir assourdissante.

Durant les premières heures de marche, chaque fois que Rudi ouvre la bouche les autres sursautent. Il faut le temps de s'habituer à sa voix de crécelle. Une claque sur le casque lui remet les idées en place. C'est difficile de lui parler. À chaque question il hurle un « Quoi » tonitruant, et chacun est obligé de répéter en criant à son tour. Le mieux est de lui beugler dans l'oreille et pour le faire taire un bon coup sur le casque est efficace. Parfois, il entonne gaiement une chanson des jeunesses, comme : « *En avant ! En avant ! La jeunesse se moque du danger. Führer, nous t'appartenons.* » Ou encore : « *Jeunesse, jeunesse ! Nous sommes les soldats de l'avenir !* » Il est infatigable. Franz finit par lui prendre le fusil, faisant valoir la supériorité de son grade. Rudi rouspète pour la forme, une claque sur le casque le fait taire.

La troupe longe les bosquets, à couvert, évite de couper à travers champs. Les poteaux téléphoniques ont été sciés, les pancartes indiquant les directions arrachées. Le pays semble vidé de ses habitants. Derrière les collines tonne l'artillerie. Sur l'horizon noir de gros nuages s'enroulent comme les bras d'une pieuvre. Une ville brûle.

Ils traversent un champ parsemé de bandelettes scintillantes, des bandes de papier d'étain noircies. Ces feuilles servent à brouiller les radars allemands. Les avions alliés les larguent au hasard, dans la campagne, juste avant les attaques.

« Faut pas y toucher, c'est du poison amerloque ! » braille Rudi.

Personne ne le reprend. Il a l'air d'y croire si fort. Enfin, au détour d'un bosquet, les faubourgs de la ville sont en vue. Le Main serpente au pied des collines vers la ville en ruine. Franz désigne un enchevêtrement de poutrelles et de briques.

« Le mieux c'est de camper dans les usines détruites. On pourra s'y cacher facilement. »

Ilse approuve :

« Ensuite, on se mêle aux déplacés, on profite de la confusion pour entrer dans la ville par les faubourgs les moins surveillés. J'ai une amie du BdM là-bas, une fille sur qui on peut compter. Si Meissner est là, elle nous aidera à la trouver. »

6

16 avril 1945.

Hanna s'est levée tôt. À travers les rideaux filtre une lumière hivernale. Pas vraiment une lumière, plutôt une clarté retenue prisonnière entre la terre mouillée et les nuages bas.

Hanna a gigoté toute la nuit, s'est mise sur le ventre, sur le dos, en cuillère, a retourné cent fois l'oreiller pour chercher la fraîcheur du tissu et y poser sa joue. Elle n'arrive à dormir que chez elle. Dans une chambre voisine, elle a entendu des rires étouffés, le lit grincer, une femme haleter. C'est pour ça qu'elle déteste les hôtels, les pensions. Ces bruits l'oppressent. La solitude est son refuge. En sueur, elle s'est levée en pleine nuit, a ouvert la fenêtre pour prendre une profonde inspiration. L'odeur de fumée est aussitôt entrée, suffocante, il a fallu refermer. Il fait trop chaud dans cette pièce malgré la saison. Elle aime le froid, elle s'y sent chez elle. Du sol montent des vibrations tout juste perceptibles. C'est l'Allemagne qui respire sous ses pieds nus, l'Allemagne en proie à mille tourments. Son pays.

Elle se sent nauséeuse, moche. Un coup d'œil dans le miroir confirme ses craintes. Ses cheveux sont ternes, sa peau triste et blanche. Sans grand espoir, elle s'habille et s'arrange de son mieux avant de descendre. Malgré l'heure précoce, elle croise des soldats propres et rasés qui la saluent. Les militaires se lèvent tôt.

Entrant dans la salle à manger, elle cherche une place ni trop près ni trop loin des quatre Américains déjà assis à la grande table. La gouvernante lui sert un café noir sans desserrer les lèvres. Hanna la remercie d'un hochement de tête. Elle n'a pas très faim et encore moins envie de parler. Chaque matin, ses pensées s'évadent vers son jardin. Hanna tend l'oreille aux Américains qui envisagent l'avenir de l'Allemagne. Staline aux portes de Berlin. On parle de partition du pays. Que fera l'ogre rouge ? Où s'arrêtera-t-il ? L'alliance a-t-elle le moindre avenir ? Certains sont partisans de l'écrasement total. Et pourquoi pas la disparition du pays ? Hanna s'agace. Elle y croit encore, à l'avenir, à une rédemption possible. Ça la surprend car elle ne s'en préoccupait plus depuis son exil. Un sujet trop douloureux où se fracassent ses contradictions intérieures.

Un des journalistes la dévisage. Il flotte sur sa face juvénile un air de jouisseur ou d'imbécile heureux, Hanna ne parvient pas encore à se décider. Le genre de type pour qui les Allemands sont tous des bêtes curieuses, pour qui tout ça n'est rien d'autre qu'une visite au zoo. Il allume une cigarette.

« Vous savez, j'ai écrit un article sur un de vos livres il y a quelques années. *La Leçon*. Un très bon bouquin.

– Merci.

– Ça fait un moment que vous n'avez rien publié, je me trompe ? »

Hanna se force à relever la tête. Une grande et belle femme en uniforme entre au même moment et rejoint le buffet chargé de victuailles en lançant un « Salut la compagnie ! » Sa démarche est fluide, alerte. Ce court divertissement passé, les regards reviennent sur Hanna qui finit par répondre :

« Non. Je n'écris que lorsque j'en ressens le besoin. »

Le type échange un regard avec ses confrères, crache un nuage de fumée.

« Je peux vous poser une question ?

– Vous ne semblez pas avoir besoin de permission.

– Vous qui êtes allemande, à votre avis, que doit-on faire de vos compatriotes ? »

Hanna ne sait pas à qui s'adresse la question : à l'Allemande ? L'écrivaine ? L'exilée ? L'invitée ? Chacune a une réponse à apporter. Pour les Américains, les choses sont simples : il n'existe rien d'autre que le bien et le mal. Et s'ils sont le bien, alors les autres sont le mal. Ils se voient comme le remède à un dangereux microbe. La méfiance du peuple envers eux leur échappe. Ils se voient en libérateurs alors qu'ici ils ne sont que des briseurs d'espoir.

« Je ne fais pas de politique. »

La belle femme observe la scène depuis la table du buffet. La gouvernante emporte une cafetière vide.

« Tout le monde fait de la politique. Je me demandais d'ailleurs pourquoi vous n'avez pas pris position publiquement depuis votre exil. Je veux dire, dans la presse par exemple. Après tout, d'autres l'ont fait.

– L'exil n'est pas pour vous un geste suffisant ?

– Ce n'est pas le sens de ma question. Bien sûr que ça compte, bien que vous n'ayez pas eu le choix. Mais pourquoi ne pas avoir dénoncé ce régime ? Votre statut d'écrivaine vous offrait toutes les tribunes. Thomas Mann par exemple... »

Hanna soupire. Thomas Mann, impossible de faire un pas sans trébucher dessus.

« C'est vrai qu'il a pris fait et cause pour la liberté, mais ce n'est pas un militant pour autant. Il est bien trop talentueux, ou prudent, pour se lancer dans des diatribes publiques. Il préfère la littérature. Et je suis de son avis.

– Quant à moi, je suis reporter de guerre, je décris ce que je vois, je ne donne pas dans la fiction. J'essaye de comprendre pourquoi vous, les Allemands, vous sentez si supérieurs. Regardez, vous vous êtes installée à l'écart, en bout de table. Comme pour nous signifier qu'on ne mélange pas les serviettes et les torchons. »

Il écrase sa cigarette dans son assiette avant de poursuivre :

« Bon sang, chaque jour, nous voyons que vous êtes prêts à mourir plutôt que renoncer. Qu'est-ce qui vous autorise à vous placer au-dessus des autres peuples ? »

Il sourit en tapotant le mégot dans les miettes. En voyant son geste, la gouvernante de retour dans la pièce s'étouffe d'indignation contenue. Hanna pourrait tenir à cet Américain un compte des prix Nobel décernés à des Allemands, simplement pour lui montrer à quel point les esprits de ce pays sont brillants... Mais elle aurait l'air de défendre le nazisme plutôt que l'excellence, car tout ce qui est allemand est désormais suspect. Elle observe l'Américain, imagine à quel point ce doit être confortable de se sentir appartenir au camp de la justice. Assister à la ruine de cette grande nation doit lui procurer un sentiment de triomphe.

« Je souhaite autant que vous la défaite du nazisme, mais pas celle de l'Allemagne.

– Pardon, Hanna, je ne suis pas sûr de saisir la différence. Aucun d'entre nous d'ailleurs. »

Il prend les autres journalistes à témoin. Hanna n'en peut plus. Elle se lève aussi dignement que ses jambes engourdies le lui permettent et va se resservir une tasse de café. À côté d'elle, la photographe de guerre l'interpelle à voix basse :

« Ne laissez pas ce con prétentieux vous atteindre, moi je vous trouve courageuse.

– Merci. »

Hanna emporte son café dans sa chambre. Elle a un discours à terminer. Elle le lira en public dès cet après-midi.

Dans le couloir décoré de trophées aux yeux de verre, Hanna bifurque vers la bibliothèque. Elle doit d'abord se calmer avant de retourner à son texte. L'espace a servi pour une soirée des Américains, ça sent l'alcool et la fumée de cigares. Odeur écœurante. Des bouteilles vides traînent sur une table basse, des mégots écrasés sur le tapis. Aucun respect. Demain ils iront saloper une autre villa, puis une autre encore. Hanna ouvre la fenêtre et parcourt les rayonnages, la tête penchée. Dans une flore qui appartenait sans doute à la jeune suicidée, Hanna découvre des fleurs séchées, pressées entre les pages. Certaines ont laissé une discrète empreinte sur le papier. À quelle occasion les a-t-elle cueillies ? Son secret s'est perdu dans la mort. Hanna poursuit son exploration. Bien sûr, elle a beau fouiller, elle ne trouve aucun de ses romans. Que sont-ils devenus ? Ils ont été retirés des bibliothèques, des librairies, collectés par les enfants jusque chez l'habitant, maison après maison, puis acheminés vers les centres de tri des comités de censure. Et ensuite ? Brûlés ? Un grincement du parquet la fait se retourner. C'est Turner.

« Je vous cherchais. »

Hanna repose la flore où elle l'a prise et le frôle en quittant la bibliothèque. Turner fronce les sourcils.

« J'ai raté quelque chose ?

– Vos protégés sont insupportables. Des petits cons mal élevés. Je vais devoir m'excuser d'être allemande à chaque instant ?

– Calmez-vous, Hanna. Je leur parlerai.

– Surtout pas, je ne suis plus une gamine. Je peux très bien me défendre seule.

– Vous savez, il y a parmi eux des grandes gueules, des aventuriers, des talentueux, d'autres moins, même des ivrognes, leur point commun est d'être confrontés à des événements auxquels ils n'étaient pas préparés. Cette guerre est d'un genre nouveau, ça ne vous a pas échappé. Ils doivent rendre compte d'atrocités et ça les rend nerveux. Alors, quand ils vous voient, distante, un peu hautaine…

– Hautaine ? »

Turner sourit.

« Lointaine, si vous préférez. Vous savez très bien de quoi je parle. Dès l'instant où je vous ai vue dans votre jardin, je me suis dit : voilà un beau spécimen d'Allemande ! »

Hanna laisse échapper un rire.

« Vraiment ? J'étais seulement sur la défensive, pas juchée sur le quadrige de la porte de Brandebourg. Il faut beaucoup d'audace pour venir me déranger quand je jardine. »

C'est au tour de Turner de rire.

« J'aime la solitude, major, plus que tout au monde.

– Et pourtant vous êtes là. »

Hanna lui pose une main sur l'épaule avant de s'éloigner vers l'escalier.

« Je vais me remettre à mon discours. »

Et m'allonger un moment, m'allonger sur un lit nazi, pense-t-elle avec appréhension.

7

16 avril 1945.

Le commando a passé la nuit dans les décombres d'un entrepôt. Par un trou béant dans le mur, Ilse aperçoit le fleuve, sombre, boueux, charriant des débris. Tous ont suspendu leurs vêtements à des branches près d'un feu dont il ne subsiste que des braises. Ilse n'a gardé qu'un débardeur et une culotte. Elle frissonne, se lève pour tâter son pantalon. C'est presque sec. Elle en profite pour s'examiner, se palpe le corps pour déceler une éventuelle blessure. Ses cuisses et son ventre sont couverts d'hématomes douloureux. Elle termine de s'habiller et boitille jusqu'à Max. Elle lui trouve meilleure mine. Elle vérifie l'aspect de la plaie, resserre le bandage. Il va falloir trouver du tissu propre et du désinfectant. Son amie Hedy pourrait s'en charger. Encore faut-il la trouver... Le plus simple est d'aller frapper à sa porte. Un plan prend forme dans son esprit. Elle appréhende déjà de devoir l'exposer à Franz.

La couche nuageuse se déchire lentement, laissant place à une lumière blanche plus vive. Franz, déjà habillé, entre par le trou, fusil en bandoulière.

« Il y a des patrouilles partout, des barrages. Si on essaye de passer, on se fera arrêter. »

Il se laisse tomber près du feu, rumine son impuissance. Il regrette d'avoir suivi Ilse jusqu'ici. Sa mission est désormais un échec. Plus d'équipe, plus de soutien, plus de guide, plus de matériel. Il ne lui reste comme option que le miracle. Ilse partage ce qui reste de ses rations. Franz accepte de mauvaise grâce.

« Ce n'était pas prudent de sortir armé. Et si des Amerloques t'avaient vu ?

– Aucune chance. Je ne suis pas aussi incompétent que tu le penses.

– Je ne pense rien.

– Tu parles. »

Franz se détourne, mâche ses biscuits aussi lentement que possible pour ne pas montrer à Ilse et aux autres qu'il meurt de faim. Dépendre ainsi d'une fille le rend ombrageux. Il espère seulement que personne n'en saura rien, qu'il parviendra au moment opportun à reprendre la main.

« Je sais que c'est difficile, dit Ilse. Te voilà avec un blessé, un gamin et une fille sur les bras. Pas l'équipe idéale mais faudra faire avec. On doit agir. »

Ilse a décidé d'entrer en ville. Pour se donner une allure plus juvénile, elle se confectionne des tresses.

« Tu as raison sur un point, dit Franz. Max et moi, on ne passera pas les contrôles. On ressemble trop à des soldats. Et on a notre groupe sanguin tatoué sous le biceps gauche. Un moyen facile d'identifier les SS, et les Américains le savent. »

Franz et Max échangent un regard et soupirent. Ilse fait quelques mouvements de gymnastique pour se réchauffer et dérouiller ses muscles engourdis. Rudi observe les échanges en silence. Parfois, il tourne la tête, la penche pour tenter de saisir ce qui se dit. La plupart du temps, il n'entend que le bourdonnement de ses tympans.

« S'ils ont trouvé l'épave du planeur, dit Ilse, ils cherchent un ou plusieurs blessés...

– Elle a raison, intervient Max. On ne peut pas se pointer dans cet état à un barrage.

– Ça t'arrange bien, hein, gamine ? Comme ça, tu pourras t'attribuer tout le mérite...

– Merde à la fin, Franz ! J'y arriverai pas seule. Mais j'ai un plan. Je vais aller en reconnaissance avec Rudi. Une fille et un gamin, ça devrait moins éveiller les soupçons. Une fois en ville, on ira chez ma copine Hedy et elle trouvera un moyen de vous faire passer les barrages. Ensuite on pourra mettre le grappin sur Meissner. »

Max acquiesce. Franz aussi, mais de mauvaise grâce. Ilse prend son sac à dos, il est temps de partir.

« Rudi, tu laisses ton casque.

– Ouais ben doucement quand vous tapez alors ! »

Ilse lui frotte la tignasse.

Après avoir enterré son pistolet et son poignard, Ilse sort d'un bosquet, Rudi sur ses talons, et ils se glissent parmi les réfugiés sur la route. Il y a beaucoup de femmes avec des enfants qui avancent vers la ville. D'autres, harassés, sont assis dans le fossé à attendre on ne sait quoi. On lit la détresse sur leur visage, la douleur. Certains pleurent sans même se cacher.

Une jeep klaxonne pour se frayer un passage, les gens s'écartent. Rudi caresse la tête de Putzi, les soldats sourient en passant. Ce sont les premiers Américains que voit Ilse. Ils ont de drôles d'uniformes, de drôles de casques. C'est avec ça qu'ils veulent vaincre l'Allemagne ? Elle ne peut y croire.

À l'approche du premier barrage, Ilse a le cœur qui bat.

« C'est le moment de vérité.

– Quoi ?!

– Rien. »

Deux mitrailleuses sont positionnées derrière des sacs de sable, de chaque côté de la route, une barrière rudimentaire en interdit l'accès. Un blindé est garé en retrait sur le bas-côté. Des dizaines de personnes attendent leur tour en file indienne, la discipline allemande prévaut même dans le désespoir. Certains sont autorisés à franchir le barrage, d'autres non, sans qu'Ilse y décèle une logique quelconque. Les refoulés vont s'asseoir dans le fossé pour attendre elle ne sait quoi. Les Américains semblent tendus, les mitrailleuses pointées vers la foule. C'est au tour d'Ilse et de Rudi. Le soldat leur fait signe d'avancer.

« *Papier bitte, Papier.* »

Son accent est épouvantable. Ilse tire ses papiers de sa poche, les tend à la sentinelle qui prend de longues secondes pour les étudier, passant du document au visage d'Ilse sans un mot.

« Et lui ?

– C'est mon petit frère, *Brother*. Pas de papier. *No paper.* »

Le soldat secoue la tête et leur demande de s'écarter. Pas de papier, pas de passage. Ilse proteste, mais rien n'y fait, le soldat la pousse sur le côté et appelle déjà la personne suivante. Rudi crie soudain :

« Allez, Putzi, montre-leur ! *Eins ! Zwei ! Drei !...* »

À chaque chiffre annoncé, Rudi agite en rythme les oreilles de Putzi.

« *Four, five, six* », poursuit Ilse en se forçant à sourire.

Les Américains se détendent, commencent à se prendre au jeu. Rudi continue son décompte :

« *Sieben ! Acht ! Neun !* Y a quoi après en américain ?! »

Le soldat comprend et poursuit :

« *Ten, eleven, twelve !* »

Les autres rient de plus belle. Putzi fronce son nez alors que ses oreilles s'agitent. La foule se masse autour de Rudi et Ilse, regarde le lapin savant et s'amuse du spectacle. Un soldat inspecte le contenu du sac d'Ilse. Un autre ébouriffe les cheveux du garçon et lui tend du chocolat.

« Tiens, tu l'as bien mérité. Allez, vous deux, disparaissez. »

Il s'écarte et fait un geste aux autres pour qu'ils cèdent le passage. Les gars des mitrailleuses sifflent lorsque Ilse passe. Ils s'éloignent tous les deux sans se retourner, cherchant à adopter une démarche détendue.

« Bravo, Rudi. Tu as été formidable.

– C'est Putzi qu'il faut remercier ! »

Ilse lui colle une claque derrière la tête.

« D'accord, je la boucle ! »

Putzi sous le bras, Rudi boude quelques secondes puis, soudain, prend la main d'Ilse. Ce geste spontané la surprend, elle se retient de la retirer. Elle ne doit pas s'attacher à ce gosse perdu. Rester concentrée sur la mission, c'est sa seule priorité. Tout le reste n'est que faiblesse. Dès qu'Ilse croise des soldats, des sifflets fusent, des : « Eh, jolie *Fräulein*, tu viens avec nous ? Cigarettes ? Tu nous montres tes seins ? », ce qui ne fait qu'attiser sa rogne. Parmi eux, on dit qu'il y a des Juifs. Ils sont venus se venger. Elle les tuerait tous si elle le pouvait.

En traversant la ville, Ilse est surprise par le nombre de véhicules américains. Une marée de tanks et de transports de troupe encombre les trottoirs des avenues. Il y en a tant. Si les Américains ont pu venir jusqu'ici, c'est la faute de généraux qui ont désobéi aux ordres, ont capitulé. Ils sont la honte de l'Allemagne. Le Führer a eu raison de les punir. Obéir, résister, se sacrifier, telles sont les qualités dont le pays a le plus besoin. Ce n'est pas le moment de flancher. S'il reste quelque chose à sauver, Ilse doit s'y employer.

Fatigués par la marche, Ilse et Rudi font un arrêt à une fontaine pour se désaltérer. La pluie a cessé depuis la veille, mais la couverture nuageuse reste menaçante. L'hiver est encore là, refusant de céder la place. Ils gèlent et Rudi se plaint de plus en plus souvent : « J'ai faim ! j'ai froid ! c'est encore loin ?! » Rengaine criée qui fait sursauter les passants affairés.

Ilse s'aperçoit qu'elle longe le Hauptfriedhof et ne peut s'empêcher de verser une larme. Rudi le remarque.

« Pourquoi tu pleures ?!

– Mes parents sont enterrés dans ce cimetière.

– Toi au moins, tu sais où ils sont enterrés ! Les miens, ils sont partis en fumée, directement au ciel ! Tu les aimais beaucoup, toi ?!

– Je crois que oui.

– Quoi ?

– Je-crois-que-oui.

– Drôle de réponse ! Hein, Putzi ? »

Il caresse la tête de l'animal et reprend la main d'Ilse. Cette fois, la paume tiède lui fait du bien. Ilse essuie ses yeux d'un coup sec de la manche, ce n'est pas le moment d'être sentimentale. *Reprends-toi, t'es plus une gamine.*

Rudi lève son lapin à bout de bras.

« Putzi aime pas quand t'es triste, il veut te faire un bisou ! »

Ilse hoquette de surprise, renifle et finit par embrasser le nez rose de l'animal. Quelle journée !

Ilse retrouve la rue où habite Hedy, au troisième étage d'un petit immeuble encore debout. Autour s'amoncellent des gravats hauts comme des collines. Des femmes vont et viennent près des entrées de cave où elles ont élu domicile. Il y a peu d'hommes, ne restent que des vieillards résignés. Les guerres et les privations, ils n'ont connu que ça.

Hedwig est là, portant un seau de charbon. Elle s'arrête un instant, s'essuie le front et reprend sa route. Ilse donne un coup de coude à Rudi et lui montre la fille encore revêtue de sa tenue du BdM, le blouson marron dont elle a décousu les écussons.

« Regarde, c'est elle. »

Rudi relève la tête et acquiesce d'un air entendu.

En voyant venir Ilse, Hedwig écarquille les yeux et lâche son seau pour sauter dans ses bras.

« Cheffe ! Oh, cheffe, c'est bien toi ?

– Salut, Hedy. »

Hedy a tout juste dix-huit ans, blonde comme l'été, d'allure solide. Une des meilleures recrues d'Ilse.

« Et lui, c'est qui ?

– Je m'appelle Rudi !

– Il gueule tout le temps à cause de ses oreilles…

– Je sais, soupire Hedy. J'en vois plein des comme lui. Beaucoup trop, même. Mes parents sont à la campagne, j'ai donné notre appartement à une famille démunie. Viens, je crèche dans une cave, c'est pas le luxe mais j'y suis à l'abri. »

Elle ramasse le seau, le dépose devant la porte de son ancien appartement puis redescend. Ilse reconnaît bien là son Hedy, dévouée, généreuse, enthousiaste. Elle sait qu'elle peut compter sur elle.

Ilse est ravie de revoir sa camarade. Plus jeunes, elles ont fait un ou deux coups d'éclat ensemble, ici, à Francfort. Peu de choses, à cause de leur différence d'âge. Hedy avait tout juste treize ans alors qu'Ilse en avait déjà presque dix-sept. Mais l'expérience les avait soudées. Elles étaient des louves.

Ils accèdent à son abri sommaire par une volée de marches. La cave est voûtée, son sol pavé de briquettes rouges. Impossible de s'y tenir debout. Un lit de camp occupe la moitié de l'espace, le reste est constitué d'une civière sur laquelle repose un bric-à-brac. Une couverture sèche sur un fil. Dans un coin, un mannequin nu de vitrine de grand magasin sert de portemanteau. Son visage est recouvert d'un masque à gaz. Voyant le regard étonné d'Ilse, Hedy allume une lampe à alcool et sourit.

« Je l'ai appelé comme toi, cheffe. Bienvenue chez moi.

– Ça pue ici.

– Ouais, pas facile d'aérer. Je sors peu, faut faire gaffe avec les Amerloques. Ils aiment les filles. »

Hedy empoigne une casserole bosselée et y verse un peu d'eau.

« Pendant que je fais un affreux ersatz de café, dis-moi ce que tu fiches ici. Je te croyais à Berlin bien au chaud dans un bureau. »

Puis elle crie :

« Et toi, désolée, j'ai rien pour ton lapin !

– Putzi a déjà mangé ! »

Ilse s'assied sur les marches. Elle n'en peut plus d'entendre brailler. Et si même Hedy s'y met...

« Je suis en mission et j'ai besoin de ton aide.

– Une mission ? Ooooh ! Les armes secrètes ! J'en étais sûre. Berlin, tout ça, tu sais quelque chose, hein ? Oh, c'est dingue ! Raconte ! »

Ilse ne veut pas la décevoir au sujet des armes miracles. Ces armes, c'est une belle connerie. Si vraiment elles existaient, pourquoi le Führer ne les avait-il pas encore lancées ?

Excitée, les yeux brillants, Hedy se tord les mains d'impatience.

« Alors, c'est quoi cette mission ? »

Ilse envoie Rudi se poster dehors, au cas où quelqu'un viendrait les déranger, puis elle explique tout au sujet de Meissner à Hedy. Elle a toute confiance en elle. Hedy rougit de plaisir.

« Oui, Meissner est ici. Elle doit donner un discours cet après-midi.

– Je savais que je pouvais compter sur toi. Un commando m'attend hors de la ville. Il faut trouver le moyen de le faire entrer. »

Hedy verse le café dans des timbales et en tend une à Ilse. Oui, elle connaît un moyen. Hier, elle a fait brûler un tank sous le nez des Amerloques. Ses camarades et elle passent par les égouts, les SS les ont piégés avant de se replier. Les Américains ne s'y hasardent pas. Ils ont d'autres priorités. Ilse sent son cœur battre de plus en plus fort. Après le désastre du planeur, la chance semble enfin lui sourire. Meissner est là, il suffit de la cueillir.

« Allons en reconnaissance.

– Suivez le guide ! », s'exclame Hedy en jetant son café.

*

« ... L'Allemagne doit se sauver elle-même, par ses propres moyens, par son courage. Il est encore temps. Ne vous résignez pas. Levez-vous. Refusez d'obéir aux ordres absurdes d'un régime à l'agonie. Résistez partout. C'est à cette condition que vous pourrez reprendre le cours de votre existence, la tête haute. Choisissez votre avenir. Il est encore temps. Prouvez au monde que nous sommes un grand pays de culture, de science, creuset des arts, de la littérature, de la poésie, de la philosophie. Soyez allemands. Il est encore temps. Merci de m'avoir écoutée. »

Le parterre d'officiers américains applaudit, les Allemands, une fois encore, restent muets. Des statues de marbre. Ce n'est pas un bon discours, Hanna le sait. Elle manque de pratique. Ses mots sonnent faux face à la stupeur qui frappe la population. Il y a un an encore, aucun n'aurait imaginé voir ces Américains pénétrer dans le Reich. La sidération est totale. Et cette étrangère qui vient leur donner des leçons de morale, c'est le bouquet. Elle lit dans leurs yeux que la guerre n'est pas encore achevée. L'espoir est un sentiment puissant. Hanna repère le petit crétin de journaliste qui la dévisage, amusé. Elle étouffe sur l'estrade fleurie. Sans doute que l'imposant drapeau étoilé suspendu derrière elle est trop ostentatoire. Elle vide son verre d'eau d'un trait, comme si ce geste dérisoire pouvait apaiser son angoisse et elle quitte la scène.

Les Américains auraient préféré l'opéra pour faire les choses en grand, mais leurs bombes l'ont détruit il y a un an, presque jour pour jour. Il n'en reste que la carcasse. Turner s'est rabattu sur une grande salle d'attente de la Hauptbahnhof, la gare centrale peu touchée par les bombardements.

Dans le hall, Hanna demande une cigarette au major qui la rejoint. Elle fume en silence, arpente le carrelage où se reflètent ses jambes. Les Allemands ne semblent avoir tiré aucun enseignement de ces années sous emprise. On a perdu mais on aurait pu gagner, voilà ce qu'ils pensent. Ils ont la défaite amère. Avant, Hanna se sentait redevable envers eux, eux qui l'avaient portée aux nues, qui l'avaient sacrée écrivaine. Soutien alors indéfectible. Aujourd'hui, qui se souvient d'elle ? Ils ne lisent plus ses livres. Hitler rendra aux Allemands une Allemagne exsangue. Il en aura épuisé les ressources, la population, la jeunesse, la bonté, l'intelligence. Il laissera une terre ravagée, et surtout une dette morale insupportable pour des générations.

Turner lui pose une main sur l'épaule. Plus loin, les auditeurs quittent la gare par une porte latérale.

« Vous ne parlez pas beaucoup de nous dans votre discours... On dirait que vous tournez autour du pot. Ne faudrait-il pas leur demander de se rendre, tout simplement ?

– Vous voulez me dicter mes discours, major ?

– Non, non... Ne prenez pas la mouche.

– Bien. Parce qu'ils n'ont pas envie de se rendre. Ce sont des Allemands. Vous n'avez pas encore compris comment les choses fonctionnent ici ? La défaite ne va pas de soi. C'est sur leur sol qu'on se bat, c'est un devoir sacré pour ces gens de le défendre. Plus vous vous enfoncerez dans ce pays et plus cette résistance redoublera de violence. »

Turner l'invite à s'asseoir sur un banc entre deux colonnes. Des hommes de la police militaire montent la garde devant chaque accès. Hanna se sent rassurée.

« Je suis de votre côté, Hanna. Vous savez, la politique des Alliés est basée sur la reddition inconditionnelle de l'Allemagne. Rien d'autre. Je peux même vous dire que certains voudraient son démantèlement définitif. Sa disparition pure et simple. Deux guerres mondiales en moins de trente ans, c'est trop. Personne n'a plus confiance dans votre pays. Mais moi, je suis de votre côté. Je cherche un compromis. Il y a eu assez de morts. Si seulement on pouvait montrer aux pontes de Washington qu'une autre voie est possible...

– C'est sincère ?

– N'en doutez pas. Nous faisons de petits pas ensemble, mais mis bout à bout... »

Hanna prend une longue inspiration et relâche un épais nuage de fumée.

« Il faut que je joigne mon mari. »

L'anxiété la gagne, elle a besoin de parler à Paul, d'entendre une voix familière. Paul est toujours rassurant, il aime les traditions, Noël, Pâques, les déjeuners du dimanche au Pilatus. Son éternel rôti du samedi lui manque. Paul est utile. Il est doux, jamais blessant même lorsqu'ils se disputent. Si elle travaille, il reste discret. Il patiente. À cet instant précis, elle peut entendre son pas feutré dans l'escalier. Une marche grince dans son esprit. Turner se lève et pose un manteau sur les épaules de Hanna.

« Nous allons faire notre possible. Venez. »

Ils sortent alors qu'il se remet à pleuvoir. Un gamin vient à leur rencontre. Il a une bonne bouille, le nez et les joues roses de froid. Un regard un peu perdu aussi. Il serre un lapin entre ses doigts aux mitaines trouées. Un policier militaire l'écarte aussitôt.

« Ces gosses ne reculent devant rien », dit le major.

Hanna tend à l'enfant un biscuit qu'elle gardait dans sa poche.

« Tu sais où dormir ?

– Oui, Putzi est avec moi !

– Qu'est-ce qu'il a à brailler comme ça, lui ? s'emporte Turner. Allez, ouste, file ! »

Sur le trottoir d'en face, deux jeunes filles dévisagent Hanna. Ces *Fräulein* à couettes, elle ne les a jamais perçues comme des menaces. Tout juste comme des adolescentes de colonie de vacances en manque de frissons. Si Hanna avait eu quinze ans de moins, elle aurait sans doute adhéré au BdM, comme la plupart des gamines de cet âge. Seulement voilà, au moment où la jeunesse adhérait en masse, elle avait déjà trente ans.

« Venez, dit Turner, la voiture nous attend.

– Faisons quelques pas, j'ai besoin de prendre l'air.

– Vous ne préférez pas rentrer ? On gèle.

– Je ne crains pas le froid. »

Le véhicule démarre et les suit, roulant au pas. Les MP ouvrent la marche.

« On va prendre Nuremberg, c'est là que nous partirons dans trois jours. Nous voulons vous y entendre. Un discours de paix et de réconciliation dans le creuset du nazisme, c'est un beau symbole vous ne trouvez pas ? »

La nuit tombe, la pluie redouble d'intensité. Turner fait signe au chauffeur de venir se ranger à leur hauteur. Les portières claquent, l'escorte démarre. Turner prend la main de Hanna, elle la retire aussitôt. Ils passent le long des caves devant lesquelles brûlent des feux dans des barils. Du combustible arraché aux ruines. Des silhouettes de femmes se hâtent de rentrer dans leurs trous, comme des bêtes. Hanna détourne le regard. Turner l'interpelle.

« Ne devenez pas trop sentimentale. Ils méritent leur sort. »

Hanna feuillette un numéro de *Yank*, l'hebdomadaire des troupes américaines. Un article parle de Goebbels à l'occasion de la libération de sa ville natale. Il est surnommé « la grande gueule ». La ville est presque entièrement détruite, mais sa maison est encore debout, apprend-on. Une maison modeste, l'homme est issu d'une famille pauvre. Une photographie montre un drapeau blanc cloué sur la porte en signe de reddition. Un ancien voisin, commerçant âgé, répond aux questions du reporter de guerre : c'était un enfant malpoli, qui ne disait jamais bonjour, n'avait aucun ami. C'était aussi un enfant méchant. La belle affaire. Sa mère a déménagé il y a plusieurs mois pour Berlin. Les fils et leur mère, pense Hanna. Dehors, un chien aboie sans interruption, une meuleuse découpe du métal, des avions passent à basse altitude, faisant trembler les carreaux dans leur châssis. Les meubles vibrent, se déplacent. La gouvernante frappe à la porte et, d'une voix glaciale, annonce que le major a fait rétablir les communications. Hanna descend au salon et se précipite sur le téléphone. La voix de Paul, lointaine, résonne dans le combiné.

« Hanna, enfin j'arrive à te joindre.

– Je suis contente, je n'en pouvais plus.

– Comment tu vas ? Comment ça se passe ?

– Ici, tout est déprimant. Tu n'as pas idée.

– Hum, je suis allé déjeuner chez Kulm, il a neigé. J'y monte chaque dimanche, et tu m'accompagnes en pensée. Le jardinier est passé. Je ne savais pas quoi lui donner comme instructions. Il reviendra.

– Demande-lui, s'il te plaît, d'accrocher le Pippel dans mon bureau, au-dessus de la méridienne. Ça fait trop longtemps que ce tableau traîne contre le mur.

– Il sait planter autre chose que des graines ?

– Paul...

– La maison est vide sans toi.

– C'est ta façon de me dire que je te manque ?

– Hum.

– Ici, tout est laid. Je ne reconnais rien. Quand j'en aurais terminé, je quitterais ce pays pour toujours.

– Quand ?

– Bientôt.

– Hum.

– J'ai du mal à m'entendre avec les Américains. Ils sont si prétentieux.

– Je t'ai prévenue.

– Je sais, tu as raison. Tu n'imagines pas ce que j'endure. Tout le monde me regarde comme une bête curieuse. Je suis l'Allemande sur laquelle on peut déverser librement sa rancœur.

– Hanna, n'en fais pas une croisade. Rentre, s'il te plaît.

– Je te l'ai dit : bientôt.

– Bien. Alors, je prépare du café.

– Je le prendrai brûlant.

– Hum.

– Je t'aime, Paul.

– Moi aussi, Hanna. »

Un clic lointain, puis plus rien.

Hanna reste immobile un instant, la main tenant encore le combiné. Brusquement, elle se souvient qu'elle est assise à l'endroit précis où le cadavre de l'homme était placé. Elle bondit hors du fauteuil et quitte la pièce.

*

Ilse, Rudi et Hedy ont rejoint la cave. Cette femme sur les marches de la gare, c'était bien Meissner. La traitresse. Il aurait été si facile de l'abattre devant ses protecteurs américains. Franz en aurait été malade. Patience. Il faut mettre au point les derniers aspects du plan. Hedy va chercher le lieu de résidence de Meissner, mettre son réseau sur sa trace. Elle connaît les emplacements de chaque mine, elle pourra guider le commando à travers les conduites des égouts. Avant l'aube, ils devront attendre son signal près d'un collecteur dont l'entrée est facile à trouver, à côté d'une tour détruite de la flak, en bordure du fleuve. Ilse approuve.

« Tu as des armes ? On en manque.

– On en a enterré au cas où, répond Hedy.

– Alors à demain. »

8

5 septembre 1972.

Sepp conduit la Mercedes avec légèreté pour ne pas réveiller Hanna qui somnole à côté de lui. La circulation est fluide sur cette portion de route qui longe les lacs d'Obersee et de Walenstadt, entre les montagnes. Ensuite, ils suivront le Rhin jusqu'au lac de Constance où ils ont prévu de déjeuner.

Sepp surveille sa passagère du coin de l'œil. Lorsqu'il lui semble qu'elle arrête de respirer, il angoisse, ralentit, se racle la gorge en espérant une réaction. Et lorsque Hanna esquisse enfin un geste, il est soulagé. C'est la vie qu'il s'est choisie, ou plutôt que Hanna et lui se sont choisie et, depuis la mort de Paul, leur relation s'est resserrée. Il la regarde et la trouve encore belle, même amoindrie, souffrante. Agonisante. Lorsqu'elle s'en ira, son cœur partira avec elle.

L'an dernier, Hanna a fait de Sepp son légataire testamentaire. Il héritera de la maison et de tout ce qu'elle contient, des manuscrits, de la correspondance, de la documentation et de toutes les archives. Il a déjà imaginé transformer la grande maison en musée. Mais pas trop vite, pas trop tôt. L'envisager, c'est enterrer Hanna. Et ça, c'est une pensée qu'il chasse de son esprit. Il préfère l'imaginer assise sur la méridienne de son bureau, jambes repliées, les pieds sous les fesses, un livre à la main, une cigarette dans l'autre.

Hanna s'étire, ouvre les yeux.

« Tu as de l'eau et une thermos de thé dans ta portière. Tu prendras tes médicaments à midi. »

Hanna acquiesce, boit une gorgée de thé, regarde le paysage défiler puis passe une main dans les cheveux de Sepp.

« Tu as toujours été beau garçon. »

Il rougit sans quitter la route des yeux.

« C'est pour ça que tu m'as engagé ?

– Va savoir…

– On va devoir faire un petit détour, la circulation est difficile autour de Munich. Il y a eu une prise d'otages cette nuit. »

Hanna écarquille les yeux.

« Un rapport avec les jeux Olympiques ?

– Il semblerait. Un commando palestinien retiendrait des athlètes israéliens. Sale histoire. Je suppose que la police va mettre en place des barrages. Mieux vaut prendre un autre itinéraire. On quittera l'autoroute à Landsberg, c'est plus prudent. Je ne veux pas me retrouver dans les bouchons avec toi dans cet état.

– C'est toi qui tiens le volant, c'est toi qui décides. De toute façon, je n'aime pas Munich. »

Sepp sait pourquoi Hanna l'a rayée de sa mémoire. Elle ne veut pas revoir la ville de son enfance, son quartier, ses voisins. À la mort de ses parents, au début des années soixante, elle a chargé Sepp de liquider leurs biens, l'appartement, les comptes, et a tout légué à une fondation. Elle ne souhaitait rien conserver, pas même les albums de famille que Sepp a eu le loisir de feuilleter. Sans le lui dire, il les a conservés, non pas pour son plaisir mais pour la postérité.

Hanna se masse les tempes.

« Cette prise d'otages me fout le cafard. Ça n'augure rien de bon. »

Elle est prise d'une quinte de toux, s'essuie la bouche.

« Je sais bien que tu désapprouves ce voyage.

– Je suis inquiet, c'est tout.

– Je te promets de ne pas mourir sur le siège de cette voiture. »

Hanna reprend une gorgée de thé, reporte son attention sur les montagnes. Un silence s'installe, pas même troublé par le discret moteur de la Mercedes.

« Tu boudes ? »

Il soupire puis finit par sourire.

« Et comment tu sais que tu ne vas pas mourir sur ce siège ? Tu as des informations que je n'ai pas ? Dieu, peut-être ? »

Hanna replace le bandeau qui masque son crâne pelé.

« Ah, Dieu. Ne me lance pas sur ce sujet. Plus on vieillit, plus on pense à Lui. Ou plutôt à la possibilité de Son existence, à ce qu'il y a après la mort. Chacun aimerait bien savoir à l'avance de quoi elle est faite. Ne me regarde pas comme ça, j'ai gagné le droit d'être mystique sur mes vieux jours. Tu sais, c'est rassurant et séduisant de se dire qu'après quelque chose existe.

– Oui, mais quoi ?

– Allons, Seppele, la mort, c'est la grande question irrésolue. »

*

Après avoir traversé la frontière, Hanna et Sepp s'arrêtent pour déjeuner dans un prestigieux restaurant. Hanna chipote, manque d'appétit. La vue sur le lac de Constance à travers la grande baie vitrée ne semble pas égayer son repas. Sepp mange lentement alors qu'il est affamé. Ne pas montrer à Hanna qu'il est encore jeune, plein de vitalité. Elle est si maigre. Il lui sert un verre d'eau, compte les pilules qu'il dispose sur le bord de son assiette. Sepp a donné ses instructions au maître d'hôtel. Hanna suit un régime particulier, sans viande rouge ni charcuterie, pourtant délicieuses par ici. Une salade composée, avec quelques agrumes, du poisson et c'est tout. Pas d'alcool. Ils évoquent le Nobel de littérature, font des pronostics, c'est un jeu auquel ils se livrent chaque année. Hanna aimerait qu'un compatriote soit honoré, car, depuis la fin de la guerre, aucun auteur allemand n'a été distingué par l'académie. Herman Hesse l'a reçu en 1946, mais il a obtenu auparavant la nationalité suisse, comme Hanna, et n'est plus considéré comme allemand. Donc pas un Allemand depuis plus de quarante ans. Hanna propose Böll ou Grass, tous deux au sommet de leur art.

« Böll étant l'aîné, dit Sepp, il serait plus juste de le lui remettre d'abord.

– Comment peux-tu être aussi jeune et aussi vieux jeu à la fois ? Ce n'est pas une question d'âge, objecte Hanna.

– Alors, pourquoi pas toi ?

– Ne dis pas de bêtises. »

Hanna prie pour être encore de ce monde à la fin de l'année pour voir enfin un Allemand couronné. Elle peut endurer toutes les souffrances au nom de ce rêve. Il est temps que sa langue maternelle sorte de prison. Si même Speer a été libéré...

Aux toilettes, Hanna tombe face à son reflet. Elle ressemble désormais à sa grand-mère maternelle, une petite femme frêle, sèche comme le sont les paysannes, les cheveux éternellement tirés en un chignon strict couvert d'un fichu noir noué sous le menton. Ce même regard bleu coupant. Elle fumait la pipe. Opa est mort cinq ans avant Oma, tombé raide, le cœur foudroyé dans son pré un jour de septembre. Hanna aimait les étés passés dans leur ferme alpine.

L'eau s'écoule dans le lavabo, Hanna se savonne les mains, ses gestes sont lents. La vivacité n'est plus son alliée. Elle marche à pas mesurés, souvent prise de vertiges, ne sait plus tenir une tasse sans craindre de la lâcher. Se lever ou s'asseoir brûle ce qui lui reste de force.

Enfant, elle était pleine d'allant, énergique et bavarde. Toujours quelque chose à raconter. Presque fatigante. Oma s'endormait parfois en l'écoutant, ou disait d'une voix glapissante : « Tais-toi, tu m'entournes ! »

Comment est-elle devenue cette femme sombre et recluse ?

Habitant en ville, Hanna adorait la montagne, ses prés, ses lacs, ses ruisseaux, tout ce qu'elle y découvrait était nouveau. Les insectes et les bêtes sauvages ou domestiques, le gros chien borgne d'Opa, terrifiant et docile, qui le suivait comme une ombre. Lui, le gardien des champs, dormant l'échine collée à la cuisinière, avait sans doute eu raison du renard que Hanna guettait chaque jour sans jamais pouvoir l'approcher. Quand le chien est mort, Opa a pleuré pour la seule fois de sa vie.

Un jour, les parents de Hanna décidèrent qu'elle n'irait plus chez Opa et Oma, sans qu'elle ait jamais su s'il s'agissait du fruit d'une brouille familiale, ou parce qu'elle en rentrait chaque fois plus sauvage, moins docile. Ou simplement parce qu'elle devenait grande et que d'autres centres d'intérêt retenaient son attention. La littérature était entrée dans sa vie. Elle ne quittait plus sa chambre. La montagne s'effaçait.

Pourtant, elle garde le souvenir précis du soir qui enveloppe les sommets de brume. Et cette insouciance vertigineuse de l'enfance.

Qui n'a pas vu tomber la nuit à la montagne ne sait rien.

Sepp tambourine à la porte. Puis il entre et découvre Hanna évanouie sur le sol. L'eau déborde du lavabo et dégringole en cascade sur le carrelage.

« Hanna, ça va ? »

Il la relève, vide le panier de serviettes à main sur le sol. Hanna, trempée, s'adosse au mur.

« Tu dois te changer. Viens. »

S'appuyant sur lui, elle se laisse guider vers la réception où Sepp la fait asseoir. Le maître d'hôtel installe ensuite Hanna dans un petit bureau où elle peut enfiler des vêtements secs.

Dans la voiture, Hanna allume une cigarette et baisse la vitre électrique. La fumée s'échappe en tourbillon.

« Ne fais pas cette tête, j'ai eu un simple étourdissement, pas de quoi en faire un drame.

– Tu n'es pas raisonnable.

– Voilà que tu parles comme Paul. Tu te souviens ? Toujours prudent, cartésien. Jamais rien à lui reprocher, ni à se reprocher d'ailleurs. Raisonnable, je ne l'ai jamais été, je ne vais pas commencer maintenant. »

Sepp sourit puis redevient sérieux.

« Je ne veux pas que tu t'en ailles, Hanna.

– Ne sois pas si tragique, chéri. Parle-moi plutôt d'Ilse, il nous reste de la route. »

9

17 avril 1945.

Le commando progresse dans les tunnels à la lueur d'une lampe torche. Hedy ouvre la marche, elle indique chaque piège, chaque détonateur dissimulé. Franz est juste derrière elle, impatient. Ilse ferme la marche. Hedy est ravie de servir la cause. Elle a apporté des pistolets, un casque rempli de munitions. Chacun s'est servi. Deux camarades attendent près de la résidence de Meissner, ils couvriront la retraite du commando. Il faudra être rapide et silencieux, les Américains sont partout. Ilse trace de discrets repères à la pointe de son poignard tout au long de sa progression. Elle n'a aucune envie de se perdre dans ce dédale au cas où elle devrait retrouver seule la sortie.

Il est 4 heures. Comme les nuits précédentes, Hanna ne parvient pas à dormir. Elle ne peut apaiser son angoisse, un terrible pressentiment que quelque chose va advenir. Elle écarte les rideaux, la pluie ruisselle sur les carreaux. Elle observe le jardin, et la rue au-delà des grilles, plongée dans l'obscurité. Une sentinelle frigorifiée fume à l'abri d'un arbre, sous une grosse branche nue, cherchant à se protéger de la pluie. Elle entrouvre un battant de la fenêtre, l'odeur de brûlé s'insinue aussitôt dans la pièce. Hanna respire une mèche de ses cheveux. Ils sentent mauvais. Elle s'interroge sur sa capacité de sauver quelque chose du temps passé. Si elle a un jour été allemande, elle ne l'est plus. Son absence la disqualifie. La tâche semble insurmontable à celle que les mots fuient depuis des mois. Elle se souvient de l'écriture de *La Leçon*, tout le roman lui était apparu d'un seul coup, dans toute sa clarté, les phrases coulaient comme un torrent. La fluidité parfaite. C'était il y a longtemps. Elle ne ressent plus que de la gêne depuis qu'elle est revenue. Ce poids sur sa poitrine qui l'empêche de respirer. Partout la même tristesse, l'abandon, la désolation. La chambre l'oppresse, la villa, la cité. Sa vie l'oppresse. Elle se sent incapable de vivre le présent, et encore moins de se projeter dans l'avenir. Où trouver la force d'écrire ?

Là, postée à la fenêtre, elle n'envisage rien d'autre que l'échec de cette aventure. Décidément, la grande écrivaine est en panne sèche. Elle sourit amèrement à l'évocation de ce titre pompeux. Peut-être n'est-elle pas si grande que ça…

Elle descend à la cuisine. La maison est plongée dans le noir, tout est calme. Turner ne revient qu'à 6 h 30. Hanna ignore combien de locataires vivent ici. Une cigarette lui ferait du bien. Elle se met en quête d'un paquet.

Hedy s'arrête à une intersection, puis indique à Franz une volée de degrés métalliques scellés dans la pierre qui montent vers une plaque d'égout. Un morceau de ruban est noué sur un des barreaux rouillés.

« On est sous le jardin de la résidence. À vous de jouer. Vous avez cinq minutes. »

Franz et Max grimpent les premiers. Franz soulève la plaque sans faire le moindre bruit. Il distingue un massif de plantes, le tronc d'un arbre, une allée de gravier. Il fait un tour d'horizon avant de poser le pied dans le jardin. Max sur ses talons, il court vers le perron de la maison. Ilse les voit disparaître à travers le rideau de pluie. Elle serre les sangles de son sac à dos et grimpe à son tour. Hedy veut la suivre, elle refuse. Son amie en a assez fait. Qu'elle prévienne ses camarades que l'opération a débuté. Ils doivent tenir leur rôle. Sortant la tête, Ilse ne voit aucun des deux SS. Franz doit vouloir enlever Meissner tout seul, il ne l'attendra pas. Crétin prétentieux. Sa fierté est capable de tout faire foirer. Ilse doit se dépêcher d'entrer. Elle sursaute en découvrant une sentinelle américaine gisant dans l'allée de gravier, la gorge tranchée. La porte de la maison est entrouverte. Ilse jette un œil vers la grille et la rue. Aucun signe d'une présence. Où sont les autres gardes ? Elle enjambe le cadavre et entre à son tour dans la maison. Le hall est désert, des manteaux sont suspendus aux patères. Les traces de pas humides sur le tapis la mènent au pied d'un grand escalier. Franz et Max sont montés. Ilse s'apprête à franchir la première marche quand elle entend un bruit sur sa droite.

Hanna fouille les tiroirs du bureau et tombe sur des cigarettes, des Juno de la Wehrmacht. Elle en allume une, se laisse tomber dans le fauteuil où deux jours plus tôt gisait la femme ayant croqué sa capsule de cyanure. Une bouteille de bourbon oubliée lui fait de l'œil. Elle se sert un verre. L'ampoule de la lampe en bakélite crée un îlot de lumière au centre de la pièce. La pendule indique 4 h 20. Hanna sent qu'elle a encore besoin d'entendre la voix de Paul. Elle a oublié de lui demander si les tulipes pointent leur verdure hors de terre, si des bourgeons s'épanouissent sur les branches nues des hortensias. Il va ronchonner d'être ainsi réveillé. S'alarmer aussi de ce coup de téléphone en pleine nuit. Hanna décroche le combiné. Surprise par l'absence de tonalité et d'opératrice, elle raccroche. Elle s'aperçoit qu'elle ne sait même pas quel numéro composer. Une marche grince dans l'escalier. Quelqu'un parle allemand dans le couloir, et ce n'est pas la gouvernante. Hanna s'avance jusqu'à la porte entrebâillée, ne distingue aucune silhouette dans le hall, ni dans l'escalier. Elle referme doucement la porte et traverse le bureau jusqu'à la fenêtre. À travers les carreaux ruisselants de pluie, elle ne voit que l'arrière de la villa et la forme sombre d'un cabanon de jardin. Où sont les sentinelles ? Inquiète, elle s'écarte de la fenêtre, tend l'oreille aux bruits de la maison.

Un soldat fait irruption dans le hall, silhouette noire, fusil épaulé, prêt à faire feu. Ilse lève son pistolet sans parvenir à presser la détente. Hedy surgit et tire dans le dos du soldat en hurlant un « *Heil Hitler* ». Le type s'écroule. Ilse se tasse dans un renfoncement, recule jusqu'à la première porte qu'elle trouve. À l'étage résonne une cavalcade, puis d'autres coups de feu claquent. C'est la panique. Ilse voit passer Hedy, le regard fou, tirant droit devant elle. Un autre soldat fait feu sur Hedy qui tombe à genoux, la bouche grande ouverte. Ilse voit scintiller ses dents. Puis elle bascule en avant sur le tapis. Choc sourd du poids de son corps. Ilse en a le souffle coupé. Elle se précipite sur son amie, la retourne. Elle respire à peine, avale de l'air par à-coups. Le soldat est à terre, adossé au lambris, Ilse le distingue, les mains pressées sur l'abdomen. Son arme est trop loin de lui pour qu'il la ramasse. Il n'a pas la force d'appeler à l'aide. La maison résonne de cris, de bruits de lutte. Ilse panique. Elle doit décamper avant d'être capturée. Elle abandonne Hedy agonisante, et cherche une issue. Essuyant une larme, elle enjambe le soldat qui la regarde passer sans réaction, puis elle pousse la première porte qu'elle trouve, entre dans la pièce et referme derrière elle.

Lorsqu'elle se retourne, elle tombe face à face avec une femme. Elle reconnaît Hanna Meissner. Aussi surprises l'une que l'autre, elles restent d'abord immobiles, sans réaction. Puis Hanna pousse un cri et s'élance vers la porte. Ilse lui barre le passage, la repousse vers le centre de la pièce. Hanna est renversée sur le tapis. Elle regarde le pistolet braqué sur elle puis le visage de la jeune femme. Dehors, des coups de sifflet retentissent. Une course dans l'escalier. Des coups de feu. Des appels. Ilse relève Hanna et la pousse vers la fenêtre. Il faut vite sortir de la villa ou l'opération est foutue.

« Ouvre et saute ! »

Hanna se raidit, ne comprend pas l'ordre. La sidération la pétrifie, comme si elle s'était absentée de son propre corps. Elle n'entend que son cœur qui cogne dans sa poitrine. Ilse tire une balle dans le mur en guise de menace. Lorsque le silencieux se pose ensuite sur sa tempe, Hanna obtempère, enjambe l'appui de la fenêtre et bascule dans le vide, heurte la terre mouillée d'une platebande. Ilse se réceptionne à côté d'elle, la force à se lever et la plaque contre le mur. La bouche d'égout n'est qu'à quelques mètres. La villa s'illumine, Ilse entend des clameurs. Une balle siffle près de son visage. Soudain, un jeune homme apparaît, un lance-grenade Panzerfaust sur l'épaule.

« C'est toi Ilse ? Je suis avec Hedy. Foutez le camp, on s'occupe de les retenir. *Sieg Heil !* »

Il s'agenouille et tire sa charge vers un camion américain qui fonce en direction de la villa. Une explosion ébranle les grilles, des gravats retombent jusque sur le perron. Médusée, Ilse regarde le véhicule en flammes. Ce boucan va réveiller toute la ville.

Ilse pousse Meissner vers la bouche d'égout. C'est leur unique salut. Hanna s'y engouffre la première, tremblante, suivie par Ilse qui ne prend pas le temps de refermer la plaque. Hanna glisse et tombe. Ses mains sont molles. Ilse attache une corde autour des poignets de sa prisonnière. Il faut partir, peu importe ce qui se passe au-dessus. Seule compte Meissner.

« Avance, vite ! »

Ilse est encore sous le choc de sa réussite. Elle tient la traîtresse au bout du canon de son arme.

« Prends cette lampe et éclaire-nous. »

Hanna promène le faisceau lumineux dans le goulet.

« Tout droit et à gauche. Si tu tentes de fuir, je t'abats ici et personne ne retrouvera jamais ton cadavre. »

Hanna hoche la tête. Derrière elles, des coups de feu résonnent dans les galeries insalubres. Hanna sursaute. Peu importe ce qui se passe là-bas, pense Ilse, il faut quitter la ville. La mission est plus importante que la vie d'une poignée de soldats.

Ilse ne lâche pas Hanna, la pousse sans ménagement. Hanna trébuche, tombe. Ilse est furieuse, lui presse le silencieux de son arme dans le dos.

« Si tu tombes encore, t'es morte. Ramasse la lampe et avance ! »

Hanna grelotte autant de peur que de froid. Elle n'est vêtue que d'un pantalon et d'un chemisier alors que la température dans les tunnels est glaciale. Ses vêtements mouillés lui collent à la peau, accentuant ses tremblements. À chaque intersection, Ilse cherche les marques de son couteau sur les parois. Derrière elle, l'écho d'une explosion ricoche dans les boyaux. Quelqu'un a déclenché une mine. Puis les sons faiblissent jusqu'au silence total. Elle n'entend plus que sa propre respiration et celle de Hanna.

Enfin, une lueur apparaît au détour d'une conduite. À l'autre extrémité du tunnel, Rudi monte la garde. En voyant Ilse et Hanna déboucher seules de l'obscurité, il s'inquiète du sort de Franz et de Max. Ilse le tire par la manche.

« On attend une heure à l'entrepôt et si personne ne vient, on lève le camp.

– D'accord ! » braille Rudi.

Hanna reconnaît le gamin de la gare, avec sa bonne bouille et son lapin. Elle voudrait lui parler, mais Ilse la pousse de nouveau devant elle et se hâte de rejoindre les ruines de l'usine où le commando a établi son bivouac.

Rudi a remis son casque et monte la garde pendant qu'Ilse installe Hanna sur un bidon près du feu qu'elle ravive. Hanna l'observe. Il émane d'elle une aura singulière, mélange de force, de détermination, mais aussi de fébrilité. Quel âge peut-elle avoir ? Vingt ans ? Hanna peine encore à prendre conscience de ce qui vient de se produire. Des enfants l'ont enlevée en plein secteur américain. Sans que personne parvienne à les arrêter. C'est sidérant. Combien sont-ils ? Qui donne les ordres ? Elle tremble de froid et de peur, mais aperçoit aussi une lueur d'espoir à laquelle se cramponner. Car si l'objectif de cet assaut était son exécution, elle serait déjà morte. Les occasions n'ont pas manqué. Il existe donc un plan. Reste à savoir lequel. Hanna doit gagner du temps, en espérant que les Américains pourront la retrouver. Elle prend alors conscience que ses jours sont comptés.

Ilse lui tend un *knäkebrot*, pain croustillant des rations militaires.

« Mange quelque chose, on a du chemin à faire.

– J'ai vraiment besoin d'une cigarette. Je peux ? »

Hanna tire le paquet de sa poche et en allume une dans les braises. Elle tend le paquet à Ilse qui refuse puis elle fume lentement pour calmer ses nerfs. Dans quel pétrin s'est-elle fourrée ?

« Vous semblez me connaître, mais ce n'est pas réciproque...

– Ilse Wolfe. Bon, Hanna, on va devoir te trouver des vêtements chauds. Je ne veux pas te voir mourir de froid. »

Ilse remarque seulement maintenant que Hanna est pieds nus. Aussitôt, elle ôte ses chaussures et les lui tend. Hanna les enfile.

« Elles sont trop grandes.

– Désolée, j'ai pas eu le temps de passer chez le cordonnier. Serre bien les lacets, ça ira. »

Ilse noue des chiffons autour de ses pieds. Elle se soucie de l'endurance de sa prisonnière. C'est une femme dans la quarantaine peu préparée aux rudes conditions de la marche forcée. Ses lèvres sont déjà bleues. Son corps est parcouru de tremblements. Il faut qu'elle tienne jusqu'au point de rendez-vous. Y aura-t-il seulement quelqu'un pour les accueillir ?

Franz ne voudrait même pas envisager cette possibilité. Ilse doit anticiper. Elle ressent de la fierté de contribuer à la victoire. D'avoir réussi où les autres ont échoué. Les femmes ne sont jamais assez compétentes aux yeux du commandement. Des boniches. L'héroïsme n'est pas pour elles. N'a-t-elle pas pourtant donné assez de gages de sa loyauté ? N'a-t-elle pas prouvé cent fois sa valeur et son engagement ? A-t-elle jamais failli aux missions qui lui ont été confiées ? Pas une seule fois. Bientôt, ils seront forcés de reconnaître son talent. Mais d'abord, il faut quitter la zone américaine.

« Vous semblez fière de vous, dit Hanna.

– J'ai accompli l'impossible. On en parlera encore dans vingt ans.

– Ah. C'est donc ça. De l'orgueil. Je n'en manquais pas quand j'avais votre âge.

– Bientôt, on aura toute l'armée américaine aux fesses. Mais ça en vaut la peine.

– Je crois que vous surestimez ma valeur. Ma disparition créera tout au plus un petit scandale. Ça ne pèsera pas lourd à l'heure du bilan.

– Tu ne représentes vraiment rien à leurs yeux ? Pourtant, ils t'utilisent pour leur propagande mensongère.

– Qu'allez-vous faire de moi ?

– Tu le sauras en temps voulu. »

La pluie se calme. Ce n'est plus qu'un fin crachin. Nerveuse, Ilse consulte sa montre. 6 h 10. Le jour va bientôt se lever, elle doit prendre une décision. Elle s'approche de Rudi, qui, accroupi derrière un tas de briques, surveille la pente et la ligne d'arbres le long de la rive du fleuve en contrebas.

« Tu vois quelque chose ?

– Non ! »

Hanna s'approche à son tour de Rudi.

« Moi, c'est Hanna, je t'ai aperçu hier soir. Je t'ai même donné un biscuit. Tu m'as dit comment s'appelle ton lapin, mais toi, je ne connais pas ton nom.

– Je m'appelle Rudi ! Putzi me dit qu'il est fier d'avoir capturé une ennemie de la nation ! Hein, Putzi ?

– Ennemie ? »

Hanna se tourne vers Ilse, qui donne une claque sur le casque de Rudi.

« Ferme-la. On dégage.

– Mais ?! Et les autres ?! On ne peut pas les abandonner !

– On a assez attendu. C'est dangereux de rester ici. S'ils sont en vie, ils nous retrouveront au point de rendez-vous. En route. »

10

17 avril 1945.

Ilse sort du bois la première, s'arrête à la lisière pour observer les champs nus. Il y a toujours de la neige dans les creux ombragés. La pluie s'est arrêtée, des trouées d'un bleu très pâle parsèment le ciel. Au sommet d'une colline enveloppée de brume, elle distingue une bâtisse au toit de tuiles rouges flanquée d'une grange en bois. Il n'y a aucun signe de vie, excepté le mince filet de fumée qui s'échappe par la cheminée. Rudi s'élance.

« Je connais cette ferme ! Je passe devant ! »

Ilse acquiesce. Inutile de prendre un coup de fusil. Accroupies dans un fossé, de l'eau jusqu'aux mollets, Ilse et Hanna regardent Rudi courir vers le bâtiment. Au bout de quelques minutes, il apparaît au loin et agite le bras.

Dès le seuil, Hanna se sent happée par la tristesse et la pénombre avec une appréhension d'enfant. Le fermier les accueille, attablé dans la cuisine. C'est un homme âgé, à l'expression morne et résignée. Il parle d'une voix lointaine, comme à travers le brouillard.

« Des Américains sont passés ce matin sur la route. Un petit détachement. Ils ont pris des œufs et sont partis. Ils ne tarderont pas à revenir plus nombreux. »

Sa femme pèle des pommes de terre devant l'évier de pierre. Après concertation du regard, les hôtes permettent à la troupe de faire sécher ses vêtements avant de repartir, puis l'homme sort traire ses bêtes. Rudi est attablé et donne de la paille à Putzi, qu'il a posé près de lui sur un banc. Le couple semble le connaître, il est ici comme chez lui. Un café infâme brûle sur la cuisinière. La femme donne un verre de lait au gamin et lui ôte son casque qu'elle pose sur un tabouret près de l'évier. Elle regarde les poignets liés de Hanna puis retourne à sa tâche. Ilse se poste à la fenêtre et observe le chemin qui mène à la route en contrebas. Elle calcule mentalement le temps qu'il lui faudra pour regagner le couvert des bois avec sa prisonnière en cas de visite des Américains.

« On est où ici ? »

La vieille femme se racle la gorge.

« À cinq kilomètres au sud de Markwald. Dans la boucle du Main.

– On doit se rendre à Rodenbach. Vous savez comment faire ?

– Il faut traverser le fleuve. Va savoir si les ponts ne sont pas tous déjà aux mains des Amerloques. »

Elle crache dans l'évier de pierre.

« Ça va vous faire une trotte jusque là-bas. Près de quarante kilomètres. »

Hanna écoute tout en se collant à la cuisinière pour se réchauffer.

La vieille ouvre une armoire et en tire un vieux chandail troué qu'elle lui tend. Ilse détache pour un instant les mains de sa prisonnière pour lui permettre de l'enfiler. Hanna remercie la femme qui jette un œil aux chiffons qui entourent les pieds d'Ilse.

« Faudrait vous trouver des chaussures.

– Ça sent bon ! braille Rudi.

– Bouillie de petits pois de mes conserves, gamin.

– C'est mon plat préféré !

– Un peu comme si je savais que t'allais venir », conclut la vieille avec un sourire grimaçant.

Hanna trouve Ilse intimidante malgré son jeune âge. Ses grands yeux sombres lui donnent un air farouche.

« C'est qui, elle ? demande la vieille en retournant vers l'évier.

– Pas vos affaires, répond froidement Ilse. Vous ne lui adressez pas la parole, compris ? »

La vieille hausse les épaules, elle ne veut pas d'histoires avec cette jeune fanatique. Le dos voûté, elle reprend son labeur, le visage fermé. Elle semble ne plus rien attendre de l'existence. On ne lit dans ses yeux que le malheur. Hanna ressent une douleur presque physique de la voir ainsi. Ses gestes mécaniques n'ont plus rien d'humain. Tout au plus des automatismes. L'espoir l'a abandonnée. C'est l'habitude qui guide chacun de ses mouvements. Elle n'a pas supporté la vue des soldats américains. Les voir dans sa cour lui a ôté le goût de vivre. Toute cette ferme résonne d'une sourde résignation.

Un portrait du Führer est posé sur le buffet noir et luisant de la cuisine, meuble grossier tapis dans l'ombre. Ilse s'approche.

« Il est beau, hein ? » dit la vieille.

Elle soulève le portrait noir et blanc, le regarde comme on regarde une image pieuse. Elle s'imagine sans doute qu'il va descendre du ciel et foudroyer ces étrangers arrogants. Son pouvoir est à l'égal de Dieu. À ceci près qu'on peut le voir et l'entendre.

« Il aime tant l'Allemagne et les Allemands ! reprend la vieille. Il leur a tout sacrifié et voilà comment ils le remercient. »

Elle donnerait cher pour entendre encore une fois sa voix à la radio. Mais voilà des semaines qu'on ne l'entend plus. Il reste silencieux et délègue à Goebbels le soin de galvaniser les foules. Celui qui a plié le monde à sa volonté se tait. Sans doute que la situation préoccupante l'accapare tout entier. Le spectre de la défaite lui donne des insomnies.

« Il y a un endroit où cette dame pourrait se reposer ? Une chambre qui ferme à clé ? »

La vieille lui indique une porte au fond d'un couloir. Ilse empoigne Hanna par le bras et la conduit dans une petite chambre aux volets clos. L'endroit est poussiéreux. Il y flotte une odeur rance. La chambre de qui ? Elle l'ignore et s'en moque.

« Rends-moi mes chaussures, allonge-toi et réchauffe-toi. On repart bientôt. »

Puis elle sort et referme à clé derrière elle.

Le couvert est mis. Rudi, impatient, hume la marmite avec envie. Le paysan entre et claque la porte. Il dépose son pot de lait près d'un fusil appuyé au mur.

« On va passer à table », dit la vieille.

Rudi noue une serviette autour de son cou, son lapin toujours posé sur le banc près de lui.

« Ça sent bon, hein Putzi ?! »

Ilse tire la clé de sa poche et s'apprête à libérer Hanna lorsque le vieux déclare :

« Ici, la nourriture, ça se mérite. Vous croyez quoi, vous les jeunes, que vous pouvez vous servir comme ça chez les gens ?

– Nous sommes en mission pour le Reichsführer Himmler. Vous nous devez l'hospitalité. À moins que vous ne vouliez que je fasse un rapport sur votre manque de patriotisme ? »

Campé sur ses jambes, les pouces glissés dans son ceinturon, le vieux encaisse en tordant la bouche de colère. Puis il explose :

« Qu'est-ce que j'en ai à foutre du Reichsführer ? C'est lui qui va payer pour le repas ? Quand les Américains ont volé des œufs, il était où le Reichsführer ? »

Ilse serre les poings, ce vieux salopard n'a pas peur de manquer de respect au chef suprême de la SS. Alors qu'elle s'avance, prête à le gifler, le vieux referme sa poigne sur son fusil avec un air de défi. Ilse tempère.

« Et qu'est-ce qu'il faudrait faire pour mériter un repas ?

– Bien, bien. Amène-toi. Les autres restent ici. »

Ilse le suit dans la cour en direction de l'étable. Très haut dans le ciel passent des centaines de bombardiers en formation. Plus qu'Ilse ne peut en compter. Une multitude scintillante et effrayante, laissant dans son sillage des traînées blanches comme si Dieu Lui-même donnait des coups de râteau dans le bleu du ciel. L'air vibre et bourdonne. Comment peuvent-ils en avoir autant ? Comment se défendre face à cette masse destructrice ? Et toujours pas l'ombre d'un avion allemand. Où est la puissante Luftwaffe ? Le paysan a lui aussi les yeux rivés sur les appareils. On dirait qu'il va se mettre à pleurer.

« Ces salopards n'en ont jamais assez. Allez, suis-moi. »

Ils entrent dans l'étable. L'odeur des bêtes et du purin assaille les narines. Un soldat dépenaillé est ligoté à un poteau, les mains dans le dos. Un déserteur.

« Lui, je l'ai attrapé tout à l'heure en train de voler. »

Ilse s'approche du soldat. Son œil gauche est gonflé. Le vieux reprend :

« Impossible de savoir d'où il sort, à quelle unité il appartient. Un soldat allemand ne vole pas. S'il le fait, il doit être sévèrement puni. C'est à cause de lâches comme lui qu'on est en train de perdre cette guerre. »

Il crache en plein visage du pauvre type terrifié.

« Faut faire un exemple. C'est comme ça que tu payeras ton repas. »

Ilse observe le soldat, puis le fermier qui la regarde de travers.

« T’as de la chance, j’ai déjà creusé le trou derrière l’étable. T’as plus qu’à le foutre dedans et reboucher.

– Je suis pas ta fille de ferme. »

Le vieux ricane :

« T’as l’air solide, tu vas t’en sortir. Et puis c’est pas comme si t’avais le choix. C’est à ça que vous servez vous autres, non ? À remettre de l’ordre. »

Puis il sort et regagne la ferme de son pas traînant. Le soldat balbutie, supplie, dit qu’il regrette, qu’il ne le fera plus. Il veut s’en aller, se tortille contre le poteau, les bras attachés dans le dos. Son œil valide implore Ilse. Ses lèvres tremblent. Ilse pense à Hedy. Elle la revoit tomber, respirer comme un poisson hors de l’eau. Son regard bleu qui s’éteint. Hedy s’est sacrifiée pour la réussite d’une opération qui n’était pas la sienne. Une si bonne camarade. C’est à cause de déserteurs comme celui-là que la jeunesse doit se mobiliser. C’est à cause de lui que Hedy est morte. Ilse saisit le pistolet glissé dans sa ceinture et le pointe sur le gars. Elle reste immobile un instant, ne sachant ce qu’il convient de faire ensuite. Dans la poitrine ? Dans la tête ? Pourtant, on lui a appris à tuer lors du stage d'entraînement. Mais pas comme ça. Pas un type attaché, larmoyant, avec de la morve qui lui coule du nez. C'est si facile d'appuyer sur la détente, mais elle n'y arrive pas. Et ça lui met les nerfs à vif. D'où vient cette soudaine clémence ? Elle a une idée qui résoudrait la situation. Le manteau et les bottes du soldat semblent parfaits pour Hanna, des vêtements secs et chauds, adaptés à la marche. Ilse coupe les liens du soldat et lui ordonne de se délester de ce qu'elle convoite. Il obéit sans lâcher des yeux le pistolet braqué sur lui. Il jette le tout en tas devant Ilse, recule de quelques pas. Une porte donne sur l'arrière de l'étable, en plein champ. Ilse ordonne au soldat de courir vers le bois et de ne plus jamais revenir. Elle dévisse le silencieux de son arme, tire en l'air, deux fois. L'autre décampe, trébuche, se redresse, effrayé et disparaît entre les arbres. Sans attendre, elle empoigne la pelle et rebouche le trou. Ce qu'il ne faut pas faire pour mériter son repas.

De retour à la ferme, elle trouve le couple attablé avec Rudi. Le vieux approuve d'un hochement de tête. Sans un mot, Ilse libère Hanna et se passe les mains sous l'eau avant de s'installer à table où elle dévore son repas avec les doigts. Rudi torche son assiette, la tend à la vieille qui lui ressert un morceau de saucisse et une louche de bouillie de petits pois. Hanna interroge Ilse du regard. Qu'a-t-elle dû faire pour payer le repas ? Ses ongles sont incrustés de terre. Tous ici ont entendu les coups de feu. L'assassinat d'un homme ne semble émouvoir personne autour de la table. Elle retient ses larmes, pense à Paul qui doit être mort d'inquiétude. À moins que personne n'ait eu le courage de le prévenir ? Le vieux dit qu'il ne voit plus beaucoup d'uniformes ces temps-ci. Et quand il en voit, c'est ce genre-là, des voleurs qui lui prennent le peu qui lui reste. Il regrette amèrement que les soldats abandonnent le Führer au moment où il a le plus besoin d'eux. Ça le plonge dans une profonde mélancolie. Il reste assis, le regard dans le vague, les coudes sur la table, les épaules voûtées. Oui, il faut y mettre bon ordre sinon ce sera l'anarchie. Un bon coup de balai. Ces salopards de déserteurs… Et il se lamente en secouant sa grosse tête.

« L'Allemagne se redressera comme elle l'a toujours fait… dit Ilse, exaltée.

– Il n'y aura bientôt plus d'Allemagne, la coupe Hanna, excédée. Les Russes sont sur l'Oder, les Américains sur la Weser. L'Allemagne dont vous parlez ne fait déjà plus que quelques kilomètres carrés. Bientôt, elle disparaîtra. »

Un silence s'installe. Le couple, Ilse et Rudi la dévisagent, les yeux écarquillés, le souffle coupé. Pendant un instant, Hanna s'attend à recevoir un coup en pleine figure. Mais Ilse se contient.

« N'aggrave pas ton cas en tenant des propos défaitistes. T'es qu'une étrangère. »

Le vieux retrouve la parole et dévisage Ilse.

« Dis donc gamine, t'as fait entrer une communiste sous mon toit ?

– Pire que ça…

– Qu'est-ce qui est pire qu'une communiste pour des gens comme vous ? demande Hanna.

– Une pacifiste. »

Sur ces mots, Ilse se lève et fait signe à Rudi qu'il est temps de partir. Hanna enfile le manteau feldgrau et les bottes qu'Ilse lui tend avant de lui rattacher les mains.

« Le petit peut rester ? hasarde la vieille.

– Il vient avec nous. »

Rudi confirme d'un hochement de tête. La vieille hausse les épaules et débarrasse la table. Elle ne trouve pas le courage d'insister. Le vieux les accompagne jusqu'à la limite de la cour.

« Entrez dans la forêt là-bas et restez-y. Elle s'étend jusqu'au Main. Il y a un petit pont près de Grossauheim. Avec un peu de chance, vous pourrez traverser. Sinon, faudra nager. Ensuite, marchez plein est. Vous traverserez une route, puis une deuxième, l'*Autobahn* en construction. C'est large, faudra faire attention. Après l'avoir traversée, vous tomberez sur Rodenbach. »

Il regarde le trio disparaître dans les bois puis rentre.

11

17 avril 1945.

Ilse marche devant d'un bon pas. Ses semelles foulent un tapis d'aiguilles. Un léger voile de brume, vaporeuse, baigne le sous-bois d'une lueur laiteuse. Ilse fait une courte halte, cherche à se repérer. La forêt devient hostile, elle s'y sent soudain en danger. Les troncs rugueux couverts de sève figée, les pommes de pin rongées par les écureuils, les gros champignons blancs accrochés au bois mort, tout lui semble étranger. Il lui arrive de trébucher, elle manque de souffle. Elle n'entend que les battements de son cœur qui cogne à ses oreilles, incapable d'écouter les sons du sous-bois. C'est ce qu'entend Rudi ? Des coups frappés à ses tympans ? *Reprends-toi.*

« Vous ne sentez rien ? » dit soudain Hanna.

Ilse hume l'air. C'est une odeur de fumée. Un feu de camp. Elle s'accroupit un moment, aux aguets. Puis le petit groupe reprend sa progression entre les arbres, cherchant l'origine de l'odeur. Un geai crie dans les frondaisons. Rudi sert Putzi contre sa poitrine. Au milieu d'un espace dégagé crépite un feu mourant où brûlent des papiers. Ilse tire un document des braises. C'est un livret militaire. D'autres, noirs et cornés, terminent de se consumer. Elle en compte au moins sept. Encore des déserteurs. Ils doivent se terrer dans ces bois. L'armée manque de foi en la victoire. Tout le monde se débine. Deux femmes et un gosse sont des proies faciles, et Ilse devine que les soldats ne sont pas loin. Ils ont décampé en entendant le trio approcher, pensant sans doute tomber sur une patrouille allemande. Elle peut voir les empreintes de leurs semelles. Ilse regrette que Franz et Max ne soient pas là. Ils pourraient au moins faire illusion. Si ces soldats sont aux abois, elle ignore de quoi ils sont capables. Elle vérifie le chargeur de son arme. Six balles, c'est tout. Pas de quoi tenir un siège ou repousser une attaque. Il faut se remettre en route, rester mobile. Plus vite elle aura rejoint les lignes allemandes, plus vite elle sera en sécurité, débarrassée de son colis.

Le soir tombe. Le fleuve est en vue. Le pont dont le paysan parlait aussi, mais deux chars américains en barrent l'accès. Des soldats ont pris position sur chaque rive autour de l'édifice de pierre.

Des chasseurs passent en rase motte. Rudi se jette à terre en criant, les mains sur les oreilles. Ilse lui colle une claque sur le casque.

« J'ai la trouille des avions ! »

Hanna le relève, rattrape Putzi qui gambade. Rudi le récupère et le serre contre lui.

« Merci ! »

Ilse l'empoigne par le col.

« Si tu cries encore une fois, je t'abandonne ici. T'as pigé ? »

Rudi hoche la tête. Des larmes coulent sur ses joues, tracent un sillon clair sur sa peau crasseuse. Ilse le repousse. Hanna s'interpose :

« Inutile d'être brutale. Ce n'est pas sa faute. »

Ilse rumine sa colère, s'avance vers la lisière du bois, revient sur ses pas. Elle est fatiguée, n'arrive pas à penser. Son esprit est engourdi.

Hedy est morte, Franz et Max aussi. Tout ça est-il arrivé par sa faute ? Faute, peut-être pas, mais négligence, certainement. Rien ne s'est déroulé comme prévu. Elle a agi sans réfléchir. Fuir seule dans les égouts, quelle idée stupide. Et ce gosse qui braille à tout bout de champ… Elle aurait pu se contenter de claquer dans le crash du planeur et au revoir tout le monde ! Morte en mission pour la patrie, une tombe anonyme et enfin, le repos. A-t-elle les épaules et la détermination nécessaires pour mener l'opération à son terme ? Elle s'adosse à un tronc et se laisse glisser au sol, les fesses calées entre deux racines, son sac à dos entre les cuisses.

Un écho résonne dans la forêt. Des voix. D'abord lointaines, elles s'amplifient. Elles sont américaines. Hanna profite de l'inattention d'Ilse pour s'élancer. Elle court vers les soldats, ses poignets liés devant son visage pour écarter les branches basses. Des aiguilles lui griffent le front. Elle hurle en anglais pour sauver sa peau. Des faisceaux de lampe torche balayent le sous-bois. Elle entend déjà distinctement les voix. Des silhouettes émergent de la brume entre les troncs. Hanna court si vite qu'elle en perd la capacité de crier. Elle étouffe, son cœur explose. Elle entend un tir, un sifflement à ses oreilles. Soudain, Ilse jaillit sur sa droite et la plaque au sol, puis l'empoigne par les aisselles et tire à l'abri. L'instant suivant, elle a disparu. Effrayée, Hanna ferme les yeux, prend de grandes inspirations pour calmer son rythme cardiaque. Ses jambes se dérobent. Jamais elle n'a autant couru de toute sa vie. Son corps est déjà épuisé. Quelle distance a-t-elle parcouru ? Cinquante mètres tout au plus ? Moins que ça ? Elle mesure le pathétique de la situation. Hanna se penche, passe la tête hors de la protection du tronc. Elle ne distingue que la pénombre des bois, la brume qui s'épaissit. Des sons étouffés. Soudain, Ilse apparaît.

« Mais, putain, qu'est-ce qui t'a pris ? Ils te tiraient dessus ces abrutis. »

Comme Hanna garde le silence, elle ajoute :

« Je les ai mis sur une fausse piste. Maintenant, on doit traverser avant qu'ils pigent ma ruse.

– Il va falloir détacher mes mains, pour nager.

– D'accord, mais si tu cherches encore à fuir… »

Hanna secoue la tête. Bien sûr qu'elle voudrait fuir, mais cette tentative désespérée l'a laissée sans force. Elle appréhende déjà l'eau froide, la largeur du fleuve, le courant. Ilse presse Hanna jusqu'à la lisière du bois. Rudi est tapi derrière de grosses racines, Putzi serré dans ses bras. Il relève la tête, Ilse l'empêche de parler en posant un doigt sur ses lèvres. Le trio dévale la faible pente jusqu'à la berge. Hanna frotte ses poignets libérés. Rudi place Putzi dans son casque et le dépose sur l'eau.

Au loin, une jeep déboule en trombe à l'entrée du pont. Les Américains s'agitent. Ils sont informés du grabuge et vont poursuivre les recherches. Ilse a mis la patrouille sur la piste des déserteurs. Avec un peu de chance, ça va les occuper le temps de traverser. Elle se fout bien que ces lâches soient capturés ou abattus. Plus vite elle atteindra le point de rendez-vous, plus vite elle sera tirée d'affaire. Mission accomplie. Il sera alors temps d'envisager son avenir. Et pourquoi pas, de disparaître.

Ils se déshabillent, roulent leurs vêtements et les placent sur une grosse branche morte qu'ils poussent dans le courant. L'eau est glaciale, il vaudrait mieux avoir quelque chose de sec à se mettre une fois sur l'autre rive. Ilse traîne la branche vers l'amont sur plus de trois cents mètres, de l'eau jusqu'aux genoux. Le fleuve est puissant, gonflé par les pluies, et dévale vers le pont. S'ils traversent trop près, ils seront projetés contre les piles de pierre, juste sous le nez des soldats. Enfin, ils se glissent dans l'eau, tous trois saisis par le froid. Il faut respirer, battre des pieds en cadence, agrippé au tronc. Putzi grignote une touffe d'herbe grasse sans s'apercevoir de rien. Hanna nage de son bras libre, même si elle ne sent plus aucun de ses membres. Ilse l'observe de temps à autre, pour s'assurer qu'elle ne va pas lâcher prise et se laisser emporter, ou pire, se laisser couler. Ilse nage, traîne la branche et les deux autres qui s'agitent en vain, jette toutes ses forces dans la bataille. Les eaux sont trop sombres pour voir ce qui se trouve dessous. Elle repense à son enfance, lorsqu'ils passaient deux semaines en famille sur les rivages de la Baltique. Les dunes semées d'herbes salées, les plages immenses creusées de mille trous d'eau qui gardent captifs des petits poissons et des crustacés, l'odeur de l'iode, des algues séchées, tout revient d'un coup. Et sa peur irrationnelle de l'eau trouble, de ce qu'il se cache dessous.

Sa joie est à son comble lorsqu'elle prend pied la première sur l'autre rive. Elle se mord la langue pour ne pas hurler de bonheur. Les deux autres, épuisés et transis, se traînent sur la vase entre les roseaux. Ilse s'active, il ne faut pas faiblir, ne pas laisser l'engourdissement la paralyser. Tous grelottent, claquent des dents, se rhabillent aussi vite qu'ils le peuvent. Hanna peine à trouver les jambes de son pantalon, titube, trébuche et s'énerve, s'emmitoufle enfin dans le manteau dont elle remonte le col et se laisse tomber plus haut sur la berge, dans l'herbe humide, les bras en croix.

« Je ne suis pas faite pour ce genre d'exercice. Je n'ai ni la force ni l'endurance pour aller plus loin. Je ne connais pas le sort qu'on me réserve, mais je crains de ne pas être à la hauteur.

– Tu n'imagines pas de quoi ton corps est capable. Pas encore. Crois-moi, ça viendra. On se fait à cette vie. Avec de la volonté, on peut tout endurer. »

Encore la volonté, pense Hanna. Cette faculté si chère à Hitler. Fort de sa croyance inébranlable en la volonté, il a nié les problèmes de matières premières, d'approvisionnement, d'infériorité numérique, de ressources. La volonté a assassiné le peuple allemand.

Une puissante canonnade roule sur la plaine gorgée d'eau. Les flaques grelottent. Les arbres frémissent. Puis des explosions, des lumières éclatantes jaillissent de derrière les collines, suivies de chocs sourds, terribles. Hanna les ressent jusque dans sa poitrine. Un froid humide, cruel, s'insinue sous sa peau, enveloppe tout son être malgré l'épais manteau qui la couvre. Ça fige ses pensées. Le paysage est sinistre. La douceur du printemps a décidé d'attendre l'issue de la guerre pour se montrer. D'ici là, il n'y aura que pluie et boue.

Il reste environ vingt kilomètres à parcourir, deux routes à traverser. Pas maintenant, pense Ilse, à cause des mines éparpillées dans la campagne. Il fait déjà trop sombre. Elle doit trouver un endroit pour passer la nuit.

« Il faut que je fasse pipi, dit Hanna.

– Ça attendra. On doit foutre le camp.

– Non, ça n'attendra pas.

– Alors magne-toi. Je ne laisserai pas les Amerloques nous tomber dessus. »

La vessie de Hanna va éclater. L'angoisse lui tord le ventre. Elle s'accroupit derrière un buisson, reste de pudeur dont elle ne parvient pas à se départir. Puis ils se mettent en route. Les nuages s'écartent, dévoilant un maigre croissant de lune. Le trio s'éloigne du pont, longe un chemin de terre, Ilse en éclaireuse. Elle allume brièvement sa lampe de poche pour regarder où elle met les pieds, évitant les bosses, petits reliefs qui pourraient dissimuler une mine. Il ne manquerait plus qu'elle se vide de son sang sur ce chemin boueux, une jambe arrachée. Enfin, elle distingue la silhouette d'une cabane. Une fois à l'intérieur, elle refuse d'allumer un feu, au grand désespoir des deux autres. Il n'y a pas de porte, des mousses noires montent à l'assaut des murs de planches cloqués par l'humidité.

« J'ai froid ! Je peux me mettre avec Putzi entre vous deux ?! »

Il reçoit un coup sur le casque et baisse le nez. Tous s'allongent en cuillère, serrés les uns contre les autres sur le sol de terre. En quelques secondes, Rudi bascule dans le sommeil. Hanna perçoit sa respiration calme. Le lapin, lui, palpite contre ses reins, faible source de chaleur. Basculant un instant sur le dos, elle observe la figure juvénile du gamin, ses oreilles et son nez rouges, ses cheveux sales qui dépassent de son casque tout de travers. Ilse a les yeux ouverts et regarde Hanna par-dessus la tête de Rudi.

« À quoi tu penses ?

– À mon mari. Paul.

– T'es mariée ? Je savais pas.

– Il doit beaucoup s'inquiéter. Et ce n'est pas un sentiment qu'il aime dévoiler. Au fond, c'est un anxieux qui consacre beaucoup d'énergie à le cacher. Un peu comme vous. »

Ilse n'est pas sûre de comprendre ce qu'insinue Hanna. Elle élude.

« Je t'assure, je savais pas que t'étais mariée.

– Ça aurait changé quelque chose ?

– J'en sais rien. »

Hanna est surprise par la réponse. C'est la première fois qu'Ilse émet ce qui ressemble à un doute. Elle est difficile à cerner. Parfois elle renvoie l'image d'une femme insensible aux événements et, à d'autres moments, elle peine à contenir ses émotions, semble sur le point de s'effondrer. Trop de poids sur ses épaules, sans doute.

« Et vous, Ilse, pas encore mariée ?

– Non. Je me suis pas mal débrouillée jusque-là pour garder mon indépendance. Les hommes, c'est que des emmerdes. »

Ilse ne peut pas voir Hanna sourire dans l'obscurité. Paul ne l'a jamais étouffée, n'a jamais tenté d'intervenir dans la conduite de sa carrière, encore moins dans leur vie quotidienne. Il a de la tempérance pour deux. Un homme apaisant. Est-il apaisé pour autant ? Elle l'ignore. Hanna reprend sa position initiale, jambes repliées, tête posée au creux de son bras. Elle tombe de fatigue. Si seulement elle pouvait trouver le sommeil.

12

18 avril 1945.

Ilse se dresse d'un bond, brutalement tirée de son sommeil par deux explosions. Puis des tirs retentissent, des rafales, un boucan d'enfer. Rudi n'a rien entendu et dort encore, Putzi serré contre lui. Hanna se redresse sur les coudes et interroge Ilse du regard.

« Je vais jeter un œil, et vous deux, ne bougez pas d'ici. »

Hanna se lève, le flanc droit endolori. Elle se découvre un bleu à l'épaule et un autre sur la hanche, là où son corps a pesé sur le sol de terre battue toute la nuit. Elle marque facilement. Au moins elle a dormi. D'un vrai sommeil lourd et réparateur, la première fois depuis des semaines. Les douleurs et l'angoisse reviennent peu à peu, rampent de son ventre à son cerveau. D'ordinaire tout se dissipe avec les premières lueurs du jour. La bouche sèche, elle boit dans une petite flaque. Son bras engourdi picote, redevient mobile. Elle a faim et regrette le petit déjeuner copieux de la villa. L'odeur du vrai café et de la brioche. Elle serait même prête à endurer les sarcasmes du journaliste en échange d'un bain.

Rudi s'éveille à son tour, s'ébroue comme un animal puis embrasse Putzi sur le nez.

« Tu as bien dormi ?! »

Hanna répond oui alors que c'est au lapin qu'il s'adresse.

Dehors, le calme est revenu, elle n'entend plus que le cri des pies qui s'assemblent dans les champs labourés.

Ilse surgit.

« Venez. Magnez-vous ! »

Elle les entraîne le long d'un fossé jusqu'à une route de terre où des carcasses de véhicules carbonisés terminent de se consumer. Deux camions américains, sans doute frappés par des Panzerfaust. Cette arme antichar d'un nouveau genre est si simple à utiliser que même un enfant peut l'actionner. Il y a des corps éparpillés tout autour sur une centaine de mètres. Au volant d'un des camions, un soldat entièrement brûlé s'agrippe encore au volant, fondu avec son siège. De la fumée s'échappe par sa bouche de charbon aux dents noires. Trois autres corps gisent à côté, dans l'herbe. L'assaut a été violent. Ilse fouille les bosquets des yeux. Les assaillants, ou ce qu'il en reste, se sont retirés après leur embuscade. Il s'agit d'une petite troupe mobile, peut-être des SS ou des gamins entraînés à la guérilla. Du harcèlement. Ils n'ont pas les moyens de faire davantage.

« On fouille les corps puis on dégage. Prenez tout ce qui peut servir. »

Rudi se met au garde-à-vous.

« À vos ordres, cheffe ! »

Hanna observe Ilse. Elle lui envie sa jeunesse, l'aisance et la précision avec lesquelles elle exécute chaque mouvement. Elle se sent pataude, fragile, capable de se fouler une cheville ou de se briser un poignet en tombant. L'une des deux sait où elle va, l'autre est perdue. Hanna se penche sur un corps, voit une mitraillette reposant contre son flanc. Un simple regard d'Ilse lui fait comprendre qu'il ne sert à rien de la ramasser. Elle ne saurait d'ailleurs pas s'en servir. Quant à fuir… Dans quelle direction ? Elle n'en a aucune idée. Désemparée, elle reste agenouillée près du corps, incapable de poser les mains dessus. Ilse fonce sur elle et la repousse.

« C'est pas le moment de faire de la sensiblerie. Il est mort. »

Puis elle retourne le cadavre, vide ses poches en une fraction de seconde, étale le contenu dans l'herbe. Elle houspille Hanna qui peine à obéir. Ilse bondit de corps en corps, empoche un canif, des munitions, remplit son sac à une vitesse folle. Tout fier, Rudi arrive en courant, brandissant une carte et une boussole.

« Enfin quelque chose d'utile », dit Ilse, satisfaite.

Puis elle enfile la parka camouflage prise sur un cadavre allemand, sans aucune émotion, uniquement guidée par l'aspect pratique des choses. La collecte de nourriture est maigre, rien que du chewing-gum et des cigarettes, du sucre en poudre. Enfin, elle retourne un dernier corps, un jeune officier américain. Elle sursaute en entendant sa faible respiration. Il est inconscient mais vivant. En fouillant ses poches, elle trouve une photo.

« Merde, manquait plus que ça. »

Rudi s'approche en traînant un fusil par la sangle et jette un œil par-dessus l'épaule d'Ilse. Lui aussi est stupéfait.

« Eh, Hanna ! Y a ta photo ! T'es célèbre ! »

Ilse se relève, examine le document. C'est une fiche de signalement. Hanna s'approche. Ilse lui tend la photo.

« Ils sont à ta recherche. Faut croire que tu leur manques.

– Il faut croire, oui. Paul a dû ruer dans les brancards. »

Hanna sent l'espoir renaître. Turner la cherche et c'est une merveilleuse nouvelle. Ilse semble contrariée par l'information. Elle chiffonne la photo et la jette à la tête de l'officier agonisant.

Ilse prend conscience qu'ils sont restés trop longtemps à découvert. Il faut se mettre en mouvement, filer vers l'est au point de rendez-vous. Vingt kilomètres tout au plus. Elle pointe son arme sur l'officier à terre. Hanna s'interpose.

« Il est foutu de toute façon, dit Ilse. Blessure au ventre.

– C’est ça que vous avez fait hier dans l’étable ? Tirer sur un homme désarmé ?

– J’ai abattu un déserteur. Pour qu’on puisse manger. »

Ilse baisse son pistolet, ramasse une mitraillette qu’elle glisse sur son épaule.

« Et arrête de me vouvoyer, putain, on n’est pas à un cocktail. »

*

Le major Turner roule vite, klaxonne, dépasse la colonne de véhicules qui fait route vers la prochaine ville, puis la prochaine, de combats en combats. Ces foutus Allemands ne vont-ils jamais renoncer ? Le sergent Olson est assis à sa droite, impassible, son fusil coincé entre les genoux. Trois soldats de son unité sont installés à l’arrière, assis sur le bord de la carrosserie. Des gars de la compagnie B du 180e d’infanterie. À leurs pieds, des boîtes de munitions, des rations.

Turner digère mal le savon que lui a passé le général Duvall. « Vous m’expliquez ce bordel, major ? » a-t-il attaqué sans même le faire asseoir. Debout au garde-à-vous comme un simple engagé. L'humiliation. Duvall fulminait, faisant tourner sa chevalière de West Point, classe 1915, même promotion qu'Eisenhower, autour de son auriculaire. Paul Meissner a débarqué au consulat de Berne pour faire un scandale. Le fonctionnaire qui l'a reçu n'était au courant de rien. Ça fait mauvais genre. C'est Turner qui a informé le mari de la disparition de son épouse. Le moins qu'il pouvait faire en de telles circonstances. A-t-il eu tort ? Le général a poursuivi ses invectives, on passe pour des amateurs, des irresponsables qui jouent avec le feu. « On a perdu une femme qui était sous notre garde. Et pas n'importe laquelle. Nom de Dieu ! Quel effet ça aura si elle fait la une des journaux nazis, pendue le long d'une route avec une pancarte autour du cou ? Il faut tout mettre en œuvre pour la retrouver ou ça nous pètera à la gueule ! Turner, vous m'écoutez ? » a-t-il encore aboyé. Le major a opiné, le visage tendu. Il a parfaitement saisi la gravité de la situation et a déclaré avoir pris des dispositions. « Il va falloir faire plus que ça, a grondé le général. Bien plus. » Puis il l'a congédié.

« Des gosses ! Bordel ! s'emporte le major au volant de la jeep. Un commando de gamins l'a enlevée sous mon nez ! »

Turner pense à ses deux garçons, John et Billy, qui en sont encore aux pistolets en bois. Ils s'amusent, font semblant. Des jeux de gamins. Ici, les gosses du même âge ne jouent pas, ils sont armés de lance-grenades et tuent sans la moindre hésitation. Ils en tirent même de la fierté.

Turner donne un coup de volant pour éviter un nid-de-poule, remonte une file de soldats qui se dirigent vers Nuremberg. Olson hausse un sourcil. Il a la peau mate, des pommettes saillantes et porte un couteau de la taille d'une machette à la ceinture. Le sergent Olson appartient à la tribu des Cherokee, c'est un pisteur compétent et un implacable combattant. Presque toute la compagnie dont Turner vient de l'extraire est composée d'Indiens de différentes tribus. Ils ont traversé l'Italie de la Sicile à Milan, puis ont remonté la France jusqu'au Rhin, et les voilà en première ligne en Allemagne. De féroces guerriers. Olson a été décoré deux fois pour sa bravoure au combat. C'est l'homme qu'il lui faut.

Turner a fait distribuer des portraits de Hanna aux officiers de chaque compagnie en opération dans la région. Il a fait dresser des barrages. Le commando est encore en zone américaine, il ne peut lui échapper.

« Sans vous manquer de respect, major, vous cherchez à nous tuer ? »

Turner jette un regard noir à Olson. Il rumine son impuissance face aux événements. Ce n'est pas tant l'engueulade qui l'a mis le plus en rogne, c'est sa propre naïveté. Il a failli à sa mission, et il compte bien laver cet affront. C'est dur de devoir ravaler sa fierté. S'il ne retrouve pas Hanna, sa carrière est foutue. Et ce ne serait sans doute pas l'unique conséquence. Pourquoi pas la cour martiale ? L'indignité éternelle entachant son nom. Il s'est même adressé à Dieu, pas plus tard qu'hier soir. Il a beaucoup promis en échange du retour de Hanna Meissner. Trop peut-être. Mais qu'a-t-il encore à perdre ?

Turner jette une carte à Olson où un pont est cerclé d'un trait de crayon.

« Il y a eu une escarmouche hier soir, c'est là que nous allons. Des déserteurs capturés ont parlé de deux femmes et d'un gamin dans les bois. Ça pourrait coller avec les autres témoignages. »

La jeep fait une nouvelle embardée, les soldats à l'arrière se cramponnent. Olson hausse les épaules. Il faut bien mourir un jour.

Olson marche le long du fleuve, il a remonté la berge depuis le pont. Les soldats l'observent de loin, intrigués. Il suit des traces. Il les compte. Il jette une petite branche dans le courant, la regarde s'éloigner puis reprend la piste. Pas de doute, le commando a remonté la rive pour compenser la force du courant et traverser en toute sécurité, hors de vue des sentinelles. Habile mais prévisible. Il revient sur ses pas, traverse le pont et fouille l'autre rive, Turner et le reste de l'unité à quelques mètres en retrait.

« Il y a trois jeux d'empreintes, chaussures de marche, bottes allemandes, trop grandes pour la personne qui les porte, et des traces plus petites. Des poids légers, sans doute deux femmes et un enfant. Ils filent plein est.

– Ils ne sont que trois ? » demande Turner.

Olson lève les yeux et soupire. À quoi bon mettre en doute ses conclusions ? Il ne commet jamais d'erreur.

Turner réfléchit. S'il compte Hanna, ça ne fait plus que deux assaillants. Et c'est très peu. Où est le reste du commando ? Se sont-ils séparés ? Pourquoi ? Son esprit bouillonne sans trouver d'explication.

« S'il n'y a qu'une femme et un enfant avec elle, ça veut dire que Meissner les suit de son plein gré ?

– Je ne suis pas devin, dit Olson. Je me contente de lire les empreintes. Les suppositions, major, c'est votre boulot. »

Olson remarque alors des poils accrochés à la branche qui a servi de radeau au trio pour la traversée. Il les roule dans sa paume, les sent.

« Poils de lapin.

– Un lapin ? Vous vous foutez de moi ? » s'emporte Turner.

Et soudain, l'image du gamin lui revient en mémoire. Il a vu ce gosse à la sortie du discours de Meissner. Et la nuit suivante, Hanna était enlevée à la villa. Il en a la conviction, il s'agit du même gamin et son lapin. Enfin, il tient une piste. Hanna est là, quelque part au-delà de ces champs. Un immense soulagement l'envahit tout entier. Dieu l'a écouté.

*

Hanna, Rudi et Ilse avancent courbés sous les cris moqueurs des pies dérangées par leur présence. Il n'y a que des champs aux herbes jaunes couvertes de givre, des haies basses, des taillis, des arbres nus, pas de véritable sous-bois. Peut-être derrière la prochaine colline ? Le soleil a enfin fait son apparition. Un voile blanc monte du sol, la terre chauffée libère l'eau qu'elle retenait captive.

Hanna cherche à ralentir le pas, à feindre la fatigue. Ilse veille, se retourne souvent, la houspille dès qu'elle faiblit. Elle distribue à manger, ce qui reste de ses rations, biscuits secs, fromage en tube. Il faut aussi décrotter régulièrement les chaussures, alourdies par la boue collante. Ils en charrient de grosses mottes à travers champs d'un pas de bagnard. Ilse se déleste de son fardeau à l'aide de son poignard puis le tend à Hanna avec un air de défi. Essaye donc pour voir. Ce qui lui manque le plus ce sont des jumelles. Elle n'en a pas trouvé parmi les morts.

Après avoir traversé la première route sans encombre, le groupe aborde le chantier du tronçon d'autoroute en construction. Ilse s'embusque dans le fossé, observe chaque côté, rectilignes, et tend l'oreille. Excepté des corbeaux, la campagne est silencieuse. Rien ne bruisse. Le froid pétrifie tout. La route est dégagée aussi loin que porte la vue. Deux engins de terrassement abandonnés créent des taches sombres sur le béton. Puis elle entend une rumeur, le bruit de centaines de pas qui martèlent le sol. Une colonne de civils apparaît au loin, des réfugiés de l'est fuyant les Russes. Ils marchent en silence. Des centaines de bouches qui se taisent. Pas même une toux, rien que le raclement des godasses, le grincement des attelages qui brinquebalent. Beaucoup de femmes, d'enfants, de vieillards, tristes, résignés. Certains n'ont que des chiffons en guise de chaussures, ploient sous les valises, les ballots ficelés, les hottes de jonc, poussent des charrettes aussi hautes que des montagnes, tout ce qui peut rouler et servir à entasser leurs biens. Une vieille femme emmitouflée dans des couvertures est juchée au sommet d'un attelage comme une reine de carnaval. Un cheval dont les fers claquent laisse échapper de gros nuages de vapeur par ses naseaux. Ilse voit passer un landau tiré par un chien. Même l'animal se tait. Il y a aussi dans ce cortège, jetés pêle-mêle, des Polonais, des Français, travailleurs forcés échappés de leurs usines détruites. La horde compacte défile sur le béton. Ils marchent ensemble et pourtant indifférents au sort de leur voisin d'épaule. On regarde ses pieds et rien d'autre. Tous ces malheureux vont vers le sud, cherchant à échapper aux combats et aux bombardements. Un village où se reposer, trouver à manger, puis repartir. Le sud, c'est le dernier espoir. La terre promise. Pour combien de temps encore ? Ilse fait signe aux autres de la suivre. Ils vont se mêler un moment aux réfugiés, se fondre dans cette masse. Un excellent moyen d'échapper à leurs poursuivants.

Rudi passe le premier, Putzi serré contre lui, son casque tangue sur sa tête, son fusil traînant sur le sol. Il entre dans le groupe et disparaît presque avant que Hanna ne le retienne par le col. Ilse marche tête baissée tout contre Hanna de peur de la perdre. Sa mitraillette est cachée sous sa parka. La marée les emporte, on se cogne épaule contre épaule, on se piétine les talons, on regarde de temps à autre le ciel avec inquiétude. Ilse ne quitte pas Hanna, lui tire la manche pour la diriger petit à petit vers le côté gauche de la colonne. Elle n'a pas l'intention de rester trop longtemps dans cette masse menaçante. Putzi commence déjà à attirer l'attention. Les gens ont faim. Une petite fille s'approche de lui et caresse la tête du lapin. D'ordinaire, Hanna n'aime pas la foule. Surtout depuis Hitler. Il fallait voir cette foule. Ici, personne ne tend plus le bras avec enthousiasme. Chacun aspire à trouver un endroit dont la guerre sera absente. À quoi peuvent-ils bien penser ? À mettre un pied devant l'autre et c'est tout. Hanna partage leur sort, ressent ce même sentiment d'abandon. Mais elle a un immense besoin de s'accrocher à l'espoir de survivre, contrairement à ces fantômes aux visages gris qui aspirent toute chaleur autour d'eux. Hanna veut garder cet espoir intact.

Ilse consulte sa montre. Il faudra bientôt quitter la horde, le point de rendez-vous n'est plus qu'à quelques kilomètres. Là, Hanna ne sera plus son fardeau. Après quatre jours d'errance, de déceptions, Ilse se sent soulagée. Elle va enfin pouvoir penser à elle, à son avenir. Un type essaye alors de saisir Putzi. Rudi hurle. Ilse repousse l'homme qui part à la renverse. Un autre trébuche sur lui et tombe, puis c'est une vieille dame que Hanna aide à se relever. Rudi s'accroche à son lapin, l'enfouit sous sa vareuse. Une femme lui sourit et passe son chemin. Deux travailleurs convergent vers Rudi, décidés à prendre l'animal. Foutu lapin. Rudi se glisse sous une charrette pour leur échapper. La sangle du fusil l'étrangle, l'arme pèse à son cou. Il rampe puis roule sur le côté et s'enfuit vers le talus, suivi par Hanna. Ilse marche à reculons, protégeant la fuite des deux autres, ses mains serrant la mitraillette. Elle se heurte aux réfugiés, les repousse à grands coups d'épaule. Des protestations s'élèvent. On l'insulte. Pourquoi ne marche-t-elle pas dans le même sens que les autres ? Même ici, dans ces conditions, pense Ilse, les Allemands restent des Allemands. Son idée de se mêler à cette populace lui apparaît maintenant comme une erreur. Ce cortège ne peut lui apporter aucune protection, Rudi et son lapin n'ont fait qu'attirer l'attention sur eux. Ilse fait face aux deux hommes qui tentent de la prendre en tenaille. Ces Polonais ne vont pas renoncer à ce repas. Ce n'est pas l'envie qui lui manque de les abattre, mais elle ne peut tout de même pas faire feu au milieu de cette foule. Soudain, un vieillard hurle : « Avions ! » Puis d'autres cris s'élèvent, des cris de panique, affreux. Tous les visages se tournent vers le ciel. C'est une immense bousculade, le magma humain ondule, se délite, chacun court d'un côté et de l'autre pour sauver sa vie. L'autoroute n'offre aucun abri. On se jette sous les charrettes, s'éparpille sur le béton. Les mères couvrent leurs enfants de leur corps, les autres se piétinent. Les premières rafales claquent dans un vrombissement d'hélices. Quatre chasseurs britanniques mitraillent la route au hasard, passent si vite que l'instant d'après ce ne sont que des points dans le ciel. Des gens se relèvent, pas tous, mais déjà les avions reviennent. Ilse profite de la confusion pour courir vers Rudi et

Hanna. Tous les trois se jettent dans un fossé alors que les balles claquent. Puis, les avions disparaissent, quatre étincelles dans le soleil.

Ilse est la première à se redresser, en colère.

« Les salopards.

– Quand c'étaient vos avions qui mitraillaient l'Europe, ça ne t'a pas émue ? On récolte ce que l'on sème...

– Tes proverbes à la con, tu peux te les garder. »

Sa seule consolation est de voir les deux Polonais étendus à quelques mètres, déchiquetés par les balles. Là-bas, les survivants se relèvent, comptent leurs morts. Il faut les abandonner sur le bord de la route, sans sépulture. La guerre change les gens en bêtes. Les égarés reprennent leur chemin et s'éloignent, masse noire et grouillante sur la ligne droite de l'autoroute.

Le relief s'accentue, les jambes sont lourdes, les reins brisés, la marche tourne au calvaire. Les collines se succèdent, mornes et pelées. Un rang de peupliers se dresse le long du cours d'un ruisseau. Leurs branches nues se balancent dans le vent. Il a tant plu ces derniers jours que le sol est gorgé d'eau. Les chemins boueux et leurs talus aux herbes glissantes sont autant de pièges pour les jambes fatiguées.

Le soleil ne parvient pas encore à égayer ce paysage famélique. Les accalmies sont brèves. Il subsiste ici aussi de larges plaques de neige qui épousent la forme des ombres, une neige gadouilleuse, privée de sa blancheur étincelante. Le redoux aura bientôt raison de sa résistance. Hanna s'écarte un peu du sillage d'Ilse, laisse des empreintes dans cette neige molle, dérisoire appel au secours. Ilse s'en aperçoit.

« Tu le fais exprès ? Marche pas dans la neige ! »

Son regard noir foudroie Hanna. Ses narines palpitent. Les traces sont bien visibles. Rudi braille :

« T'as vu ? J'ai pas perdu mon fusil ! »

Ilse abat sa paume sur le casque.

« Toi et ton foutu lapin.

– Mais ils voulaient le manger ! »

Il reçoit une autre claque sur le casque. Ils se remettent en route. Rudi ferme la marche en boudant. Leur seule consolation est qu'il fait moins froid. Leurs trois silhouettes gravissent une autre colline, leur dos fumant sous les rayons du soleil.

Hanna lutte contre son propre corps. Ses cuisses sont raides, douloureuses, ses pieds mouillés couverts d'ampoules. Elle a le dos en miettes. Elle se reproche sa faible condition physique, son manque d'endurance. Ilse, elle, ne semble pas fatiguée. Même Rudi est plus alerte qu'elle. Comment lutter contre cette sensation d'épuisement ? S'asseoir devient cruel, car il lui est impossible de se relever. Ses muscles ne répondent plus. Il faut rester debout.

« Tu ne m'as toujours pas dit où on allait.

– Juste derrière cette colline. Encore un petit effort.

– Et il y a quoi derrière cette colline ? »

Ilse jette un regard par-dessus son épaule.

« Le point de rendez-vous. Je te remets aux mains de la justice du Reich. Ce qui se passera ensuite, c'est plus mon problème. »

Hanna encaisse la nouvelle. Tout le monde sait ce qu'est devenue la justice de ce pays. Elle est terrifiée par ce qui l'attend. Si seulement elle pouvait trouver le courage de s'enfuir. Elle a envie de vomir. Elle est à bout de forces.

« Je vois bien que tu rumines depuis des heures. Tu te demandes s'il y aura quelqu'un.

– C'est ça.

– Et s'il n'y a personne, tu y as pensé ? Oui, bien sûr. Tu ne penses qu'à ça. Et alors ? Tu m'exécuteras dans le fossé ?

– Arrête.

– À moins que tu ne commences à douter ?

– Merde, Hanna, ferme-la ! Tu penses qu'on fait une balade ? Que je fais tout ça pour m'amuser ? C'est une opération militaire et il ne reste que moi pour aller au bout. Alors oui, on va franchir cette colline que ça te plaise ou non.

– Si tu me livres, tu m'envoies à la mort. C'est ça la vérité. Tu te fiches bien de ce qui va m'arriver. »

Ilse fait volte-face et vient se planter devant Hanna, poings serrés.

« Arrêtez de vous disputer ! » braille Rudi.

Les deux femmes se tournent vers lui. Il est là, planté sur ses jambes maigres, le casque de travers, les sourcils froncés, les larmes aux yeux.

« Je veux qu'elle reste avec nous ! »

Ilse secoue la tête.

« Ça dépend pas de moi.

– De qui alors ?! »

Excédée, Ilse lâche une rafale en l'air.

« Il ne faut pas gâcher les munitions ! C'est toi qui l'as dit ! »

Aussitôt, Rudi se ratatine, prêt à recevoir un autre coup. Mais aucune claque ne vient. Ilse passe la mitraillette sur son épaule et reprend sa marche.

13

18 avril 1945.

Le soleil décline. L'intersection n'est plus qu'à quelques dizaines de mètres. Une petite route venant mourir sur une plus grande et qui marque la limite entre la Hesse et la Bavière. Un bosquet de hêtres nus sur la gauche, quelques stères empilés entre les troncs, des champs à perte de vue devant lesquels Hanna éprouve le sentiment du vide infini. Dans le lointain sonnent les cloches d'une église. Ilse est arrivée indemne au point de rendez-vous. Enfin, la délivrance.

« Maintenant, on attend.

– Combien de temps ? »

Ilse ne répond pas, s'adosse à la pile de bois coupé, coince sa mitraillette entre ses cuisses, les genoux relevés sous le menton. Rudi s'assied à côté d'elle.

« J'en peux plus !

– Repose-toi. On pourra bientôt rentrer chez nous. »

Épuisée, Hanna se laisse tomber à son tour.

Rudi s'est endormi. Putzi palpite contre sa poitrine, la tête dépassant de la vareuse. Les ombres s'étirent, la nuit tombe. La route reste déserte. Hanna allume une cigarette, ça calme ses nerfs, observe Ilse à la dérobée, la voit lutter contre l'envie de jeter un œil à cette route à chaque minute qui passe. Son humeur s'assombrit à mesure que la nuit vient et que cette foutue route reste déserte. Ni l'une ni l'autre n'ose encore rompre le silence, bien que chacune pense désormais la même chose : personne ne viendra. Ilse pose sa tête sur ses genoux, plongée dans une intense réflexion. S'il n'y a personne au point de rendez-vous, c'est que l'opération est annulée. Ou pire : oubliée. C'est la débâcle et tout le monde cherche à sauver sa peau. Les priorités changent. Et si les chefs se débinent, pourquoi devrait-elle s'acharner ? Tous ces sacrifices inutiles, ses efforts réduits à néant, c'est ce qui la peine le plus. La voilà qui ficelle ses idées noires en fagot. Elle a envie de pleurer. Surtout ne pas se noyer dans le désespoir. Elle doit relever la tête, se battre, comme elle l'a toujours fait. Hanna lui tend le paquet de cigarettes.

« Ça m'aide à prendre les bonnes décisions.

– On apprend le sarcasme en Suisse ?

– Pas du tout. Fumer m'apaise, ça met mes idées en ordre. »

Ilse secoue la tête et retourne à ses ruminations. Les dernières lueurs du jour disparaissent. Combien de temps encore doit-elle attendre ?

Le bruit d'un moteur la fait se redresser d'un bond. Une camionnette arrive, Ilse se rue vers elle, agite les bras. Le conducteur klaxonne et fait un écart pour l'éviter, puis le véhicule s'éloigne dans la nuit.

Ilse jure entre ses dents. Dire qu'elle s'était enthousiasmée à l'idée de participer enfin à quelque chose d'important. Elle voulait fuir l'atmosphère étouffante de Berlin sous les bombes quotidiennes, toute cette poussière, ces incendies. Elle aurait accepté n'importe quoi pourvu que ce soit au grand air. Désormais, elle est seule.

« Personne va venir, hein ? braille Rudi, réveillé par le bruit du moteur. C'est peut-être la faute au bon Dieu ?!

– Qu'est-ce que tu racontes ?

– Des fois, moi, je lui murmure des choses ! Et Putzi aussi !

– Quel genre ?

– Ben, de ressusciter mon papa et ma maman ! Même si c'est mal de croire en Dieu, j'y crois quand même un peu !

– Dieu on n'y croit pas un peu, dit Hanna. On y croit ou on n'y croit pas.

– Fermez-la tous les deux, s'énerve Ilse. Dieu n'existe pas. »

Rudi la regarde avec de grands yeux ronds.

« Comment tu le sais ?! »

Vaincue par l'argument, Ilse se contente de lui coller une claque sur le casque.

« Putzi dit que t'es méchante ! »

Ilse se focalise sur la suite. Ils ne doivent pas rester immobiles. Ne pas devenir des cibles. Il faut se remettre en route, reprendre l'initiative. Trouver les lignes allemandes semble l'unique option. Où sont-elles ? En deux jours, elle n'a aperçu aucune troupe, aucune ligne de défense. On dirait que l'armée tout entière s'est volatilisée.

« Et maintenant ? demande Hanna.

– On ira à Berlin à pied s'il le faut. »

Hanna soupire.

« Je ne connais pas ton plan mais il est évident que personne ne se soucie de nous. À quoi bon continuer ?

– C'est pas à toi d'en décider.

– Qui alors ? Il n'y a personne d'autre. J'ai faim, j'ai froid, j'ai mal. Je n'en peux plus de crapahuter toute la journée, tu comprends ? Je veux rentrer chez moi.

– Moi aussi j'en ai marre ! braille Rudi. Vous vous disputez tout le temps ! »

Hanna se lève, grimace de douleur. Ses jambes peuvent à peine la soutenir.

« C'est si grave que ça si tu me laisses partir ?

– C'est pas aussi simple. »

Elle sent Ilse hésiter. Hanna en profite pour s'éloigner à reculons de quelques pas.

« Je vais tenter ma chance et regagner les lignes américaines. Je ne dirai rien sur vous deux et cette histoire sera vite oubliée. Chacune part de son côté. »

Soudain, Ilse pointe sa mitraillette sur Hanna.

« Un pas de plus et je t'abats. »

Hanna recule encore de quelques mètres, lentement, les mains levées.

« Hanna, je plaisante pas. »

Ilse fait glisser la culasse de son arme.

« Hanna… »

Le craquement d'une branche fait sursauter Ilse qui pointe aussitôt son arme sur l'obscurité du sous-bois. Deux silhouettes surgissent alors, l'une appuyée contre l'autre. Hanna s'est figée, Ilse abaisse son arme.

« Franz ? Max ? Putain, vous étiez passés où ? J'ai cru que vous étiez morts ! »

Il n'y a aucune joie dans sa voix, rien que de la surprise. Et peut-être aussi une sourde menace encore voilée.

« On n'était pas loin derrière toi, mais tu ne nous as pas attendus, dit Franz. Ça t'aurait bien arrangée qu'on y passe, hein ? »

Max se traîne jusqu'aux stères de bois et s'y adosse. Il est en sueur, son visage est d'une pâleur inquiétante. Ilse le fait asseoir, allume sa lampe de poche pour examiner sa blessure. Elle s'est infectée.

« On doit le conduire à l'hôpital.

– C'est à moi d'en décider. À partir de maintenant, je reprends les choses en main. Les conneries ont assez duré. »

Ilse referme la vareuse de Max.

« Comment vous nous avez retrouvés ?

– Je sais lire une carte. On a décidé de rallier le point de rendez-vous. On a pensé que tu ferais pareil. Et nous voilà. Mais c'est pas grâce à toi. Alors tu la fermes ou je te jure que…

– Que quoi ? C'est moi qui ai capturé Meissner. Personne d'autre. Ensemble, on peut encore y arriver.

– Elle a raison, dit Max d'une voix faible. Si elle s'en est bien tirée jusque-là, elle peut encore être utile.

– T'es de quel côté, toi ? Ça fait deux jours que je te trimballe et c'est comme ça que tu me remercies ? Je suis toujours aux commandes ! »

Max acquiesce. Il grimace, sa blessure le fait souffrir. Hanna n'a pas bougé, stoppée dans son élan par l'arrivée des deux autres membres du commando. Franz lui jette un regard oblique.

« Elle voulait se tirer, c'est ça ?

– C'est pas aussi simple, grogne Ilse.

– Bien sûr que ça l’est. »

Franz empoigne Ilse par le bras et la tire à l’écart.

« Il faut que je te rappelle les ordres ? Si on n’est plus en capacité de la livrer, on doit se débarrasser d’elle.

– La mission n’est pas terminée, Franz.

– Il n’y a plus de mission, personne ne viendra. On a raté le créneau. On a merdé, tu piges ?

– Si on pouvait trouver un téléphone, une radio…

– Tu plaisantes ? Ouvre les yeux ! Ils pensent qu’on est morts dans le crash du planeur ! C’est fini, terminé. On n’a plus de soutien, plus aucune chance de réussite. Qui peut nous en vouloir d’avoir échoué dans ces conditions ? Le seul geste qu’on puisse encore accomplir, c’est la pendre ici avec son nom autour du cou. Je sais que tu te fous des ordres mais nous, SS, on les applique sans discuter. Ensuite, c’est chacun pour soi.

– Nos familles seront tenues responsables de notre échec, tu l’as oublié ?

– Qu’est-ce que ça peut bien te foutre ? Tes parents sont morts.

– C'est pas à moi que je pense. C'est à Max et à toi. »

Franz réfléchit aux options qui s'offrent à lui. Il craint les représailles. Peut-être existe-t-il encore une infime chance de réussite ? Ilse en profite pour se placer entre Hanna et lui. Elle se sent capable de tout pour la garder en vie. Du moins encore un peu. Franz soupire :

« Je te donne une journée, Wolfe, pas plus. Si on atteint nos lignes, on continue vers Hanovre, sinon, on applique les ordres. Pigé ? C'est elle qui va aider Max à marcher. Qu'elle serve à quelque chose. Et toi, file-moi la mitraillette et les munitions.

– À vos ordres, Untersturmführer. »

Franz part devant. Lui aussi a entendu les cloches sonner. Il y a un village à proximité. Il suffit de suivre la route pour le trouver. Max se tient le ventre, Hanna l'aide à se relever, il est brûlant de fièvre.

« Merci, madame. »

Hanna observe le dos de Franz. Il marche d'un pas déterminé, la mitraillette à la main. Deux grenades américaines sont glissées dans son ceinturon. Ilse ferme la marche. Devant

Hanna, Rudi traîne son fusil par la sangle, la crosse traçant un sillon dans la terre. Hanna sent son ventre se tordre. L'angoisse étend son emprise. Elle avait réussi à établir un contact avec Ilse, pas encore de la complicité, mais elle se laissait fléchir, et voilà que surgissent ces deux types. Et ce n'est plus Ilse qui prend les décisions. Qu'adviendra-t-il demain à la même heure ?

Le groupe atteint enfin un village. Il est propre, fleuri, comme sorti d'un paquet cadeau. Les maisons sont peintes en blanc, les colombages en marron, sans une écaille sur les façades. L'éclairage public est coupé, seule la lune montante fait saillir les reliefs. Des drapeaux blancs sont suspendus aux fenêtres, aux balcons. Franz grimace. Ces gens ont décidé de se rendre sans se battre. Honte à eux. Il frappe à une porte, puis une autre, sans obtenir de réponse. Le village semble désert. Ou alors personne n'ouvrira à une bande à l'allure aussi suspecte. Ils ressemblent à une poignée de vagabonds, des crève-la-faim dont on se défie dans les campagnes. Franz fait signe aux autres de le suivre vers une grange dont il force l'entrée.

« On va s'installer ici pour la nuit. »

Une grande charrette à foin occupe le centre de l'espace, des roues sont posées contre le mur blanchi à la chaux, des piquets de clôture, des empilements de planches brutes, un établi sans un copeau. Chacun trouve une stalle vide où s'écrouler. Hanna dépose Max et s'installe dans le box voisin. Ilse préfère s'échapper de la grange. Elle décroche une vieille couverture suspendue à un clou et s'en va vers un abreuvoir. Hanna la suit, elle a trop peur de rester seule avec Franz. Elles y trempent leur tête pour tenter de se débarrasser des démangeaisons qui leur irritent le crâne. Elles entortillent leurs cheveux, les essorent autant que possible, se nettoient le visage. Hanna rentre la première, croise Franz sur le pas de la porte. Il s'écarte pour lui céder le passage. En rejoignant Rudi, elle sent le regard du SS peser sur ses épaules.

Rudi s'est endormi, la tête sur les genoux de Hanna. Ilse vient s'asseoir près d'elle.

« Il s'est attaché à toi, on dirait. »

Hanna ôte doucement le casque.

« C'est un enfant attachant. »

Franz passe la tête par-dessus les parois du box.

« Je prends le premier tour de garde. Meissner est sous ta responsabilité. Tu ne la quittes pas des yeux. »

Une fois qu'il a disparu, Ilse chuchote :

« Reste près de moi.

– Il va me tuer.

– Je ne le laisserai pas faire. Comme il l'a dit, t'es sous ma garde. »

Ilse roule sa parka pour s'en faire un oreiller.

« Maintenant, dors.

– Tu n'as pas peur que les Américains vous capturent ?

– Non. On va leur filer entre les doigts. On est entraînés pour ça.

– Dire que je m'étais promis de ne plus jamais remettre les pieds dans ce pays.

– Et pourtant, t'es revenue. »

Hanna en est la première surprise. Elle aurait dû écouter Paul, ne pas s'exposer. En quoi l'avenir de ce pays la concerne ? Ilse étend les jambes, dévisage Hanna dans l'obscurité.

« Qu'est-ce que t'imaginais ? Encourager les Allemands à déposer les armes, leur demander de renier leur serment prêté au Führer ? C'était de la folie.

– Si j'avais pris conscience du danger, je serais restée chez moi. Je ne suis pas courageuse. J'ai seulement voulu soulager les souffrances des Allemands. Je pensais vraiment être utile. Quelle vanité. Et je n'ai trouvé qu'un pays défiguré.

– Oui, la faute à tes amis amerloques.

– L'Allemagne n'est donc coupable de rien ? »

Ilse allume sa lampe torche et braque le faisceau sur le visage de Hanna.

« Ferme-la et dors. On va encore beaucoup marcher demain. »

Ilse lui tourne le dos, mettant fin à la discussion. Ses cheveux humides luisent dans la pénombre. Hanna ramasse une poignée de paille et la cale derrière sa nuque douloureuse. Elle est encore en vie, ce qui ne manque pas de l'étonner. Jamais elle ne se serait crue capable de supporter un tel bouleversement. Le corps s'adapte vite aux conditions extrêmes, aux émotions nouvelles, à la peur, à la faim. Un mécanisme invisible se met en branle, qui privilégie la survie au détriment de la pensée. Penser absorbe trop de ressources. Épuisée, affamée, mais en vie. Il faut profiter de ce répit pour reprendre des forces. Demain, la lutte reprendra. Rudi s'agite, en proie à un mauvais rêve. Hanna lui caresse les cheveux puis s'endort.

14

5 septembre 1972.

La radio claironne le tube de Christian Anders, *Es fährt ein Zug nach Nirgendwo*. Puis, aux informations, on parle des revendications des terroristes, les menaces, les négociations en cours. Le commando appelé Septembre noir est retranché dans le village olympique, dans deux appartements de la Connollystrasse, cerné par les forces de police. Des Juifs attaqués sur le sol allemand, il ne manquait plus que ça. Hanna soupire.

« Éteins, tu veux ?

– Je dois faire le plein, on va s'arrêter un peu. »

Sepp prend la bretelle de sortie vers une station-service, dernier arrêt avant d'emprunter les routes secondaires. Dans trente kilomètres, ils quitteront l'autoroute à Landsberg, puis iront vers Schongau et Bad Tölz.

Après avoir rempli le réservoir, Sepp toque à la fenêtre côté passager.

« Il te reste du café ? »

Hanna secoue la tête.

« Je vais t'en chercher. Passe-moi la thermos. »

Sepp entre dans la station-service, règle le carburant, achète un paquet de réglisses et fait remplir la thermos. Lorsqu'il rejoint la Mercedes, Hanna est adossée à la portière, une cigarette à la main. Elle est plongée dans ses pensées, Sepp donnerait cher pour les connaître. Il s'abstient de toute remarque concernant la cigarette.

« Tu sais, Hanna, je me demande pourquoi c'est si important pour toi de retrouver cette femme après ce qu'elle t'a fait endurer.

– On a traversé tant de choses ensemble. Elle a beaucoup compté pour moi.

– En tout cas, son dossier est presque vide. Le ménage a été fait. Je sais que son père était clerc principal dans une étude. Une mère couturière.

– Je l'ignorais.

– Elle a été arrêtée à l'été 1946 en Autriche sur dénonciation. Entendue par les Américains, mais aucune trace de son dossier chez eux, j'ai vérifié. À moins qu'ils n'aient eu des choses à étouffer, comme ta captivité par exemple. Elle est remise à la justice allemande et libérée faute de preuves. Puis elle est rejugée en 1949 lors du procès des Werwolf, et amnistiée une seconde fois. Ensuite elle disparaît. Elle n'a repris son nom de jeune fille que récemment, c'est pour ça que j'ai eu du mal à la trouver. Rien au sujet des événements d'avril 1945 dont tu parles dans ton livre.

« Je vois que tu as mené ta petite enquête.

– J'avais besoin de savoir. Et, franchement, je n'en sais pas vraiment plus. En tout cas, elle habite sur les hauts d'Unterwössen, à quelques kilomètres d'un club de vol à voile. »

Hanna sourit. Elle se sert un gobelet de café, écrase sa cigarette sous son talon. Bien sûr, Ilse est restée fidèle à ses rêves. Sepp reprend le volant. Hanna s'assied à côté de lui, genoux relevés sous le menton.

« Tu te souviens de Paul ?

– Quelle question, il m'adorait.

– Tu parles.

– Comment ça ?

– Au début, il t'a détesté.

– Pas du tout.

– Je t'assure. Tu venais piétiner ses plate-bandes. Avec ton air de premier de la classe.

– Il ne l'a jamais montré.

– Ça t'étonne ? Il était la politesse incarnée. Il a souffert de ta proximité avec moi. J'ai découvert avec stupeur qu'il pouvait être jaloux. À ma grande honte, j'ai aimé ça. On a eu de bons moments, quand même, lui et moi. »

Hanna soupire. Au moins, elle lui aura épargné sa propre agonie. Ou plutôt, il se l'est épargnée lui-même en rencontrant un platane. Hanna se sent coupable parce que c'est elle qui lui a offert cette voiture de sport. Si jamais il existe un après, elle espère l'y retrouver. Elle lui dira enfin qu'il n'est pas forcé de toujours se plier en quatre pour elle. Les personnes gentilles peuvent être ennuyeuses.

Au loin, la silhouette de Munich apparaît au bout de l'autoroute, avec la chaîne dentelée des Alpes sur sa droite. Munich, la ville où vivaient les parents de Hanna. Leur rêve était de la voir enseigner. Métier pour lequel ils pouvaient avoir une forme de considération. Mais elle a choisi la voie de l'écriture. À leurs yeux, les écrivains étaient des personnes suspectes, impudiques et infréquentables. De tristes agitateurs qui mettent des idées dangereuses dans la tête des gens, disait son père qui ne lisait que des revues médicales.

Ses parents, Hanna les avait craints durant toute son enfance, surtout son père, distant et autoritaire, défini par sa seule fonction : médecin respecté. Les repas se déroulaient en silence, surtout le dimanche où l'on n'entendait que le tic-tac du cartel et le tintement des couverts sur la porcelaine de Fürstenberg. Jamais, avant la fin de leur adolescence, le père n'avait eu une véritable discussion avec ses enfants. Avare de mots comme d'affection, il n'en voyait pas l'intérêt et se refusait à entrer dans ce qu'il considérait comme le domaine exclusif de la mère. On savait à quoi s'en tenir. Werner, son frère cadet, a suivi l'exemple du père, devenant médecin lui aussi. Il a pourtant décidé de se démarquer en déclinant la proposition du père de s'installer avec lui et d'agrandir le cabinet. Petite excentricité qui fut le sujet d'une fâcherie passagère, rien de plus. Après tout, le père comprenait le besoin d'indépendance du fils. Qu'il soit devenu médecin suffisait, l'essentiel était accompli. Si l'Allemagne pouvait rêver d'un avenir glorieux, c'était grâce à des gens comme eux, instruits, raisonnables et dévoués. De ce frère perdu de vue, Hanna ne sait qu'une chose : il a défendu avec acharnement les idéaux de la pureté raciale. Lui a-t-on offert, à titre honoraire, un grade dans la SS pour ses travaux ? Elle l'ignore.

À la parution du premier roman, le succès immédiat de leur fille a bouleversé le cours paisible de leur existence. Trop de tapage, Hanna attirait l'attention sur la famille qui avait toujours préféré la discrétion. Le désordre occasionné était grand. Et lorsqu'un patient interpellait son père au sujet de sa fille, il levait simplement la main pour couper court. Un seul mot aurait été de trop.

Sa mère pouvait lui pardonner l'égarement d'un premier livre, mais à la parution du deuxième la brouille fut irrémédiable.

« Tu es bien silencieuse.

– Je me disais que je n'aime pas cette ville. Je n'y ai aucun souvenir heureux.

– Tu n'as jamais eu envie de revoir tes parents avant leur mort ?

– Je l'ai fait, figure-toi.

– Ah ? Quand ?

– En cinquante et un. Paul n'était pas au courant. J'ai prétexté une rencontre avec un journaliste à Genève. En fait, je suis allée à Munich pour quelques heures. Avec mon passeport suisse tout neuf. Je n'ai pas quitté mes lunettes de soleil pour ne pas être reconnue. L'appartement était identique. Lugubre. Toujours le tic-tac du cartel, que j'ai trouvé moins vaillant, plus inquiet. Mon père m'a accueillie froidement. C'était un homme intelligent, mais rigide et tyrannique. Je ne sais pas si les remords l'ont empêché de dormir.

– C'est triste.

– Ils n'ont jamais digéré mon départ alors que c'est l'Allemagne qui ne voulait plus de moi. Mes parents ont fait les mauvais choix. Le pire, c'est qu'ils n'ont tiré aucun enseignement après la défaite. Surtout mon père.

– Et ta mère ?

– Maman m'a écrit en secret jusqu'en quarante-deux. Puis elle a cessé de le faire pour ne reprendre contact que bien après la guerre. Jamais un mot sur ses sentiments, ses joies, ses peines ou ses craintes. Je viens d'une famille du silence. Ce même silence que mon père m'a opposé lors de ce dernier dîner. J'ai cru mourir. Maman a pleuré sur le pas de la porte avant que je m'en aille. Peut-être avait-elle deviné que c'était la dernière fois qu'on se voyait. Papa a toujours voulu sauver les apparences, mais il avait perdu cette respectabilité à laquelle il attachait tant d'importance.

– Et ton frère ?

– Il a disparu. S'ils ont eu de ses nouvelles, ils ne m'en ont rien dit. Il était sans doute trop impliqué. Je ne sais pas. Werner est peut-être devenu fermier en Argentine. »

Ils rient. Sepp quitte l'autoroute. La Mercedes bifurque vers la chaîne des Alpes, longue barre crénelée aux sommets enneigés. Hanna s'est endormie.

15

19 avril 1945.

Le jour est à peine levé lorsque le groupe, Franz en tête, pénètre dans l'auberge. Il lance un « *Heil Hitler* » auquel le patron, un grand type costaud en bras de chemise, répond par un grognement. Les chaises sont encore retournées sur les tables, leurs pattes grêles tendues vers le plafond. Elles ressemblent à des chevaux morts comme on en voit au bord des routes, ventrus, gonflés, les pattes raides aussi droites que des piquets de clôture. Un enfant, assis sur un tabouret, joue de l'accordéon. On ne sait plus dire simplement bonjour dans ce pays, pense Hanna. On se lance des « *Heil Hitler* » en tendant le bras.

« On ne salue pas un lieutenant SS dans votre auberge ?

– C'est que ça ne se voit pas au premier coup d'œil... »

Puis, de mauvaise grâce, l'aubergiste lève la main et murmure un « *Heil Hitler* ».

« Vous avez à manger ?

– Ça dépend. Vous avez de quoi payer ? »

Franz tire quelques billets de sa poche. Ilse comprend que c'est à lui qu'on a confié l'argent du commando. Ce constat la met de mauvaise humeur. Malgré tout ce qu'elle a accompli, elle sera toujours considérée comme inférieure à Franz, même à Max, qui n'est rien d'autre qu'un gamin de dix-sept ans.

« On a des œufs ou du gigot froid d'hier, avec des patates et des carottes.

– C'est bon les œufs ! J'adore les œufs !

– Pourquoi il braille comme ça, lui ?

– Tympans crevés », répond Ilse en descendant une chaise de son perchoir.

Le patron hoche la tête et s'en va en cuisine. Les autres s'installent. Seul Rudi ne semble pas agacé par l'instrument qui chuinte entre les mains de l'enfant. Quelques minutes plus tard, le patron est de retour avec un plateau garni et une cruche d'eau.

« Qu'est-ce que vous faites par ici ?

– On est en mission spéciale. »

L'homme dévisage Franz avec indulgence. Il renifle et dépose le plateau au centre de la table.

« Quel genre ?

– Le genre qui ne vous regarde pas. »

L'homme hausse les épaules et retourne derrière son comptoir essuyer des verres. L'enfant n'est pas très habile et ne tire que des couinements pathétiques de son instrument. Affamé, le groupe mange en silence. Hanna observe Ilse, puis Franz. Qui l'emportera ? Franz se tourne vers le patron.

« Je devrais vous dénoncer pour les drapeaux blancs.

– À qui donc ? Le maire a foutu le camp hier avec sa famille vers le sud. Notre policier a été réquisitionné. Il ne reste que le garde-chasse. Mais à cette heure-ci, il est encore ivre mort et roupille Dieu sait où. »

Franz lâche sa cuillère qui tinte dans l'assiette. Hanna redoute l'instant où il va se lever et faire du grabuge. C'est un garçon nerveux, inquiet. Il peut exploser à tout moment. L'homme apporte une miche de pain noir.

« À la radio, ils disent que l'offensive sur Berlin a commencé, la ville est encerclée par les Russes. Hier, trois cent cinquante mille soldats se sont rendus aux Américains. Ça ne sent pas bon.

– Pour écouter la radio étrangère aussi, je devrais vous dénoncer. C'est de la désinformation. »

L'homme esquisse un sourire affligé.

« Si vous le dites. Les Américains sont à moins de six kilomètres. Vous devriez partir. »

Rudi lèche son assiette, il reste du jaune d'œuf sur le bout de son nez, Putzi grignote un morceau de carotte sur ses genoux. Ilse, pragmatique, se lève et jette son sac à dos sur son épaule.

« J'ai besoin de bandages propres pour mon ami Max.

– Je vais vous trouver ça, puis vous partez. Compris ? »

Franz lève son verre et crie :

« Pour l'Allemagne et le Führer !

– Je les emmerde. »

Franz rejette sa chaise et s'élance vers le patron qui se campe sur ses jambes, poings sur les hanches.

« J'ai fait quatorze, moi, mon gars, j'ai sacrifié trois fils pour la patrie dans celle-ci. Et toi, qu'est-ce que t'as sacrifié ? »

Le garçon s'est arrêté de jouer. Ilse retient Franz par le bras.

« Laisse tomber. Il fait ce qu'il peut pour nous aider. On prend les bandages et on s'en va. Il vaut mieux garder nos forces. »

Hanna remarque qu'Ilse est devenue moins sensible aux injures envers son Führer. Elle tempère Franz alors que deux jours plus tôt, à la ferme, elle avait presque giflé le vieux pour avoir manqué de respect à Himmler. Si Ilse ne prend pas l'ascendant, l'autre la tuera. En attendant, Hanna se tait et aide Max à se relever. Il est aussi blanc qu'un cadavre et n'a presque rien avalé. Son front est couvert de sueur. Il est à la limite de ses forces. Le patron apporte des linges propres et les tend à Ilse.

« Et maintenant, foutez le camp. »

Rudi enfile Putzi dans sa vareuse et braille :

« J'adore l'accordéon ! »

Ravi, l'enfant reprend ses exercices, accompagnant le départ du commando.

Hanna fait asseoir Max sur le rebord de l'abreuvoir pendant qu'Ilse découpe les linges en bandelettes. L'aubergiste leur a aussi donné un verre de schnaps en guise de désinfectant. La plaie est encore plus vilaine que la veille, sa couleur vire au noir. Un liquide visqueux s'en écoule. Franz grimace et détourne la tête, les mains serrées sur la mitraillette. Ça le rassure de tenir une arme. De Max émane une odeur de cadavre. Ilse réprime un haut-le-cœur et verse le schnaps sur la plaie. Max hurle de douleur. Franz arpente nerveusement le trottoir, s'impatiente, tape des pieds. Hanna allume une cigarette et lui tend le paquet. Il hésite, contrarié, puis en prend une, approche ses lèvres vers la flamme du briquet. Le grondement de nombreux moteurs lui fait relever la tête. À l'autre extrémité du village apparaissent des camions. Ilse et Franz s'embusquent aussitôt derrière l'abreuvoir, prêts à se battre. Hanna n'a pas bougé. Les véhicules remontent la rue principale en une longue colonne. Ils sont allemands. Des grappes de soldats s'accrochent aux ridelles, aux arceaux, d'autres sont en équilibre sur les garde-boue ou le moteur. Il y en a même assis sur le toit des voitures. Chaque véhicule ressemble à un essaim. Beaucoup d'hommes sont blessés, têtes, bras, jambes, torses bandés. Il n'y a aucun blindé, rien qu'une cohorte brinquebalante de véhicules hétéroclites cabossés. C'est une armée en déroute.

Debout sur le trottoir, le commando regarde le convoi s'étirer d'un bout à l'autre du village. Les sourires se sont effacés. C'est la vision des enfers et leur cortège de damnés. Franz, d'abord euphorique, déchante face au spectacle de la défaite. C'est au-delà de son entendement. On lui a enseigné que l'armée allemande est invincible… En voyant un véhicule de commandement, il s'avance à sa rencontre et lève la main pour l'arrêter. Un lieutenant-colonel, casquette de travers, un bandeau sur l'œil est installé à l'arrière du Kübelwagen. Hanna les voit discuter, trop loin pour entendre ce qu'ils disent. Franz gesticule, semble argumenter, désigne Max. Puis il tend le bras au garde-à-vous et le véhicule redémarre, passe à la hauteur du reste du groupe et rattrape la colonne. L'instant d'après ils sont partis, avec leurs grincements d'essieux et leurs gueules dévastées.

Franz est livide.

« Alors, tu vas te décider à nous dire ce qui se passe ? lui crie Ilse.

– Les Américains ne sont qu'à quelques kilomètres. Le colonel m'a dit qu'il reste les derniers éléments de la 11e armée à l'est de notre position. Si on atteint leurs lignes, on sera sauvés.

– Et eux, où est-ce qu'ils vont ?

– Vers le sud pour préparer une contre-offensive. La défense du sol allemand reste une mission sacrée.

– Dis plutôt qu'ils foutent le camp.

– Ils n'ont même pas voulu emporter Max. Ils ont dit que notre opération ne les concerne pas. Je dois réfléchir. »

Il s'assied sur le rebord de l'abreuvoir, les bras ballants, puis se prend la tête entre les mains. L'aubergiste est sorti sur le pas de sa porte et observe le groupe. Ilse hisse son sac sur son dos, demande à Hanna de relever Max.

« Il faut partir. Si les Amerloques arrivent, on est foutus.

– Je t'ai dit que j'ai besoin de réfléchir. »

Max tient à peine debout. Rudi se colle à lui.

« Il est gentil, Max, on va l'aider, hein Hanna ?! »

Elle ne peut réprimer un sourire amer. Elle ignore tout de ce Max. A-t-il de la famille qui l'attend quelque part ? Une fiancée ? Des amis ? Ses yeux cernés de rouge font pitié. Il grelotte. Pas besoin d'être médecin pour voir qu'il ne passera pas la journée. Et pourtant, il s'accroche, endure ses souffrances sans se plaindre.

Franz se lève d'un bond, mâchoires serrées.

« Je l'ai déjà traîné pendant deux jours, alors c'est à vous de le porter.

– Et si on le laissait ici ? hasarde Hanna.

– Elle a raison, les Américains s'occuperont de lui, insiste Ilse.

– Qui t'a demandé ton avis ? »

Franz la gifle à la volée. Un silence s'installe durant lequel chacun observe les autres. C'est la seconde fois qu'il se permet ce geste. La fois de trop. Puis Franz empoigne Ilse par le col.

« Tu ramollis, Wolfe. Depuis quand Meissner participe aux décisions ? Il est vraiment temps que je reprenne les commandes. C'est hors de question de laisser Max derrière nous. Il pourrait parler, donner nos noms, et quoi d'autre encore ? Max, tu comprends ? »

L'autre acquiesce. Il sait qu'il n'y a pas d'autre choix que d'avancer. Avancer jusqu'à en crever.

Satisfait, Franz s'engouffre entre deux maisons en direction d'un champ pentu.

Les bosquets et des champs se succèdent, des taches vert tendre apparaissent dans le jaune éteint des prés. Jamais Hanna n'aurait imaginé tenir aussi longtemps. Les douleurs s'estompent ou, plutôt, elle s'en accommode. Elle les embrasse, elles qui font désormais partie de sa condition. Elle constate que les situations extrêmes poussent à se surpasser, à endurer des souffrances qu'elle se croyait incapable de supporter quelques jours auparavant. Elle veut survivre à cette misérable aventure et découvre avec étonnement qu'elle en est capable. Rudi traîne son fusil par la lanière et Franz l'engueule. La routine. Hanna et Ilse encadrent Max et le soutiennent, ses bras passés autour de leur cou. Max qui peine à avancer. Max qui gémit. Max qui encaisse. Franz les houspille, il faut aller plus vite. Ilse répond par des jurons à voix basse.

Derrière une colline, le groupe découvre des positions allemandes pulvérisées, des canons qui terminent de se consumer. Une épaisse fumée s'élève du champ de bataille et se mélange au brouillard. Des corps éparpillés. Et l'odeur écœurante de chair calcinée qui colle aux vêtements. Les tranchées, des trous rectangulaires parsemant le champ, sont des tombes à ciel ouvert. Il y a beaucoup de corps, beaucoup de morceaux aussi. Le groupe traverse ce cimetière en silence. Personne n'ose dire à voix haute ce qu'il rumine. Les lignes allemandes n'existent plus. Des silhouettes furtives apparaissent par moment, fouillent les cadavres. Quand l'une d'elles aperçoit le commando, elle se presse et disparaît dans la brume. Toute la terre se couvre d'un linceul. Hanna épie Franz. Elle le sent prêt à se désintégrer. Son monde s'écroule sous ses yeux et il ne peut le supporter. Il est fébrile, imprévisible, dangereux. Et qui peut dire ce qui se passera lorsqu'il s'effondrera ? Seule Ilse fait encore barrage entre Franz et elle.

Hanna avait imaginé son retour en Allemagne comme une renaissance, ou au moins comme une possibilité de réconciliation avec sa patrie.

La désillusion est de taille. C'est un cimetière qu'elle traverse, un pays meurtri dont les habitants se sont changés en pierre. Il y règne une atmosphère d'apocalypse et partout se répand l'odeur de la mort. Qu'elle meure en Suisse ou ici, quelle différence ? Hanna n'est nulle part vraiment chez elle. Il n'y aura pas de coup de chance, pas de salut tombé du ciel, pas d'unité américaine à la rescousse. Dans quelques heures, Franz mettra sa menace à exécution. Et Ilse ne parviendra plus à repousser l'échéance.

Ilse et Hanna soutiennent Max, il ne tient plus sur ses pieds, trébuche, son poids devient insupportable, Hanna glisse et tombe, entraînant les deux autres dans sa chute. Il faut se relever. En rogne, Franz rapplique à grandes enjambées.

« Qu'est-ce que vous foutez ? Debout !

– C'est pas toi qui le porte, si ? » réplique Ilse.

Franz lui expédie un violent coup de poing dans le ventre. Elle s'effondre, le souffle coupé, vomit son repas. Des lumières crépitent derrière ses paupières. Allongée en chien de fusil, les bras pressés sur son abdomen, elle avale de grandes goulées d'air.

« Je t'avais prévenue. »

Laissant Ilse au sol, il ordonne à Hanna de relever Max. Elle essaye, s'agenouille, lui passe les mains sous les aisselles, tire, s'épuise en vain. Max agonise et personne ne peut rien y faire. Il pousse une plainte glaçante. Elle le lâche, lui pose la tête sur ses genoux, serre sa main dans la sienne. Pauvre garçon. Il appelle sa mère. Ilse se relève en toussant, agrippe Franz par le bras.

« C'est la dernière fois que tu me touches.

– Sinon ?

– Je te tue. Tu piges ? Et c'est pas une menace, c'est une promesse. »

Puis son corps se remet en marche. Elle s'avance jusqu'au pauvre Max, étendu sur le sol. Elle trouve dans ses poches la capsule de cyanure qu'on a donnée à chaque membre du commando. Elle la lui place dans la bouche. Max ne veut pas mourir, il s'accroche au manteau de Hanna. Elle recule, épouvantée. Ilse prend la tête du garçon entre ses mains, presse la mâchoire de toutes ses forces. Max est secoué par un dernier spasme. Le voilà délivré. Tous font cercle autour de lui, puis Franz ordonne aux autres de dissimuler le cadavre. Rudi et Ilse coupent les branches basses d'un sapin et en recouvrent le corps. Ils n'ont rien pour creuser une tombe. Ils ne peuvent rien faire de plus pour leur camarade. Rudi sanglote. Hanna demande :

« Comment il s'appelait ?

– Max Dietrich, il avait dix-sept ans », répond Ilse.

Franz prend la parole :

« Il a été courageux. Il a enduré sa blessure sans jamais se plaindre. »

Puis il fixe froidement Ilse.

« Si seulement t'avais su faire atterrir ce putain de planeur, les choses auraient été différentes. Mais non, il a fallu que tu nous plantes.

– Merde, Franz, tu vas remettre ça ? »

Il lève les yeux vers le soleil.

« Il est midi. Il ne reste que quelques heures avant d'en finir. »

Rudi ne parvient pas à sécher ses larmes et reste agenouillé près du corps, caressant la tête de Putzi. Hanna tente de le relever mais il refuse. Franz les toise avec dédain. Ilse s'entête. Elle croit encore possible de ramener cette femme jusqu'à Berlin. Foutaises. Elle ne cherche qu'à gagner du temps. Le virus de la trahison, c'est contagieux, ça se répand. Rudi et Ilse sont contaminés, et ils sont bien les seuls à ne pas s'en apercevoir. Meissner a diffusé son poison. D'ailleurs, il peut le lire dans ses yeux. Elle doute encore de l'inévitable issue de cette cavale.

« Qu'est-ce que vous allez faire de moi ? Dites-moi la vérité.

– Ilse n'a rien dit, hein ? Alors je vais le faire, au point où on en est. Tu devais être jugée et condamnée à mort. C'était ça le plan. Un procès pour l'exemple. On aurait fait savoir à tous ce qu'il en coûte de trahir son pays. Mais elle a tout fait foirer. Et elle doit en assumer les conséquences. J'ai donc décidé que c'est elle qui se chargera de l'exécution. »

Désemparée, Hanna fixe Ilse qui ne dit rien. Rudi se serre contre Hanna, les larmes aux yeux.

« Moi, je veux pas que tu meures ! T'es gentille ! Et toi, t'es méchant ! »

Franz lui expédie une claque sur le casque qui valdingue.

« Ferme-la. »

Rudi lâche le lapin et se rue sur Franz qui l'empoigne fermement, le ceinture avant de le jeter à terre. Puis il fond sur lui, les genoux autour de la tête de Rudi pour l'immobiliser.

« Franz, arrête, il a compris. »

Mais il n'écoute pas Ilse, attrape une grenade dans sa ceinture et l'insère de force entre les dents de Rudi.

« Et maintenant, tu la fermes ? Tu vas apprendre à obéir ? T'es un soldat oui ou non ? »

Hanna s'est reculée, trébuche et tombe à la renverse. Franz enfonce la grenade plus profondément, Rudi étouffe. Ilse dégaine son pistolet et tire en l'air. Franz se fige, comme arraché à un mauvais rêve. Il se relève.

Hanna déborde de colère. Elle aide Rudi à se remettre sur pieds, jette la grenade dans l'herbe.

« Ce n'est pas la peine de s'en prendre à lui. »

Franz ramasse la mitraillette et la balance sur son épaule. Ilse a gardé son arme le long de sa cuisse, juste au cas où… Franz ramasse le casque de Rudi et le lui remet sur la tête.

« Sans rancune, gamin. Mais il faut que je remette de l'ordre dans votre petit groupe. Chacun se sent un peu trop pousser des ailes. C'est moi qui commande, tu comprends ? »

Rudi hoche la tête, rattrape Putzi qui grignote des pissenlits, les joues gonflées. Le groupe se remet en route. Ilse reste en arrière, ramasse la grenade abandonnée et la glisse dans une poche de sa parka.

Ilse ferme la marche, juste derrière Hanna, et surveille la ligne sombre des sous-bois, les routes au loin. Rudi crapahute à l'écart, tête basse. Franz ne dit rien au sujet du fusil qui traîne dans les ornières. Des avions de reconnaissance ennemis sillonnent le ciel. Il ne faut pas rester à découvert. Franz aussi les a vus et rejoint à pas rapides un bois tout proche. Ils marcheront sur le sentier qui longe la ligne d'arbres.

Hanna n'a pas prononcé une parole depuis deux heures. Elle marche, droite et raide, avec une troublante régularité. Pour quelqu'un qui passe le plus clair de son temps assis à un bureau, elle s'en sort bien. Hanna se voit maintenant comme une héroïne de tragédie grecque, de celles qui acceptent leur sort funeste avec une grâce et un détachement qui font d'elles des êtres surnaturels. C'est Iphigénie, acceptant de mourir pour que les vents soient favorables à son père, Cassandre, acceptant son destin, abandonnée de tous et assassinée. Andromède, enchaînée et livrée au monstre. Certaines ont survécu. Pourquoi pas elle ?

Ilse est la première à entendre le bruit des chenilles. Deux chars américains apparaissent au détour d'un virage, sur une route en contrebas que longe un ruisseau boueux. Le groupe se jette derrière un talus. Franz rampe entre les herbes et regarde la route. Ilse s'inquiète.

« Tu crois qu'ils nous ont vus ?

– Non. Ils sont presque aveugles là-dedans. »

Une troupe d'infanterie apparaît dans le sillage des blindés. Une quarantaine de soldats aux aguets. Ilse cramponne le bras de Hanna. Elle la sent capable de se lever, de crier, ou quoi d'autre encore ? Chacun à leur façon, ils sont tous à la limite de leurs forces. La raison peut flancher. Il faut se tenir tranquille le temps de laisser passer l'ennemi.

Soudain, un coup de feu claque. En bas, les soldats sautent à plat ventre dans le fossé ou à l'abri derrière le blindage des chars.

C'est Rudi qui a tiré. Il réarme déjà son fusil et presse de nouveau la détente.

« Regardez comme ils détalent ces bouffeurs de chewing-gum ! Je peux les avoir à moi tout seul ! »

Les autres le fixent, abasourdis. Le fusil est vide. Rudi a tiré toutes ses cartouches. Il est euphorique, se lève d'un bond et hurle des injures. La surprise passée, les Américains répliquent et la crête est prise sous un déluge de feu. Franz tire Rudi en arrière et décampe. Les tourelles des chars pivotent déjà vers leur position. Le groupe s'enfuit dans le bois, les balles sifflent, ricochent, soulèvent de la terre dans leur sillage. Ilse n'a pas besoin de forcer Hanna à la suivre, elle court de toutes ses forces pour sauver sa vie. Une explosion retentit sur la droite, coupant un sapin en deux, éparpillant des échardes tout autour. Rudi perd son casque, se retourne pour le ramasser, Ilse l'empoigne par le col en passant, le jette en avant. Rien à foutre du casque. Elle a perdu trop de personnes depuis le début de cette mission pour laisser Rudi en arrière. Franz voit un ravin devant eux. Quelques mètres encore. Il s'y jette tête la première. Crétin, pense Ilse, il va se briser les os. Franz dévale la longue pente, culbute, roule sur lui-même sans pouvoir s'arrêter. Il rebondit, valdingue dans tous les sens. Un pantin. Ilse se laisse glisser sur le côté une jambe allongée l'autre repliée sous ses fesses. Hanna l'imite. Elle se râpe la hanche, serre les dents. Elle sent rouler des pierres tranchantes contre sa cuisse. Elle crie de douleur. Des explosions retentissent plus haut, suivies d'un feu nourri. Les Américains sont sur leurs talons. Toute une escouade. Rudi est le premier en bas et se relève, débraillé et couvert de boue. Son faible poids l'a avantagé. Il serre Putzi dans ses bras. Puis Ilse aide Hanna à se remettre sur pieds. Il faut continuer, distancer les Américains, se fondre dans le paysage. Ilse entend le clapotement d'une rivière. C'est leur unique salut.

Franz est encore étourdi par sa chute et peine à se mettre à genoux. Il grimace, se tient les côtes. Ilse jure entre ses dents. Il va falloir s'occuper de lui, le traîner comme Max. Elle empoigne Rudi par le col.

« Putain, mais qu'est-ce qui t'a pris de tirer sur eux ?

– Je veux pas qu'ils prennent Hanna ! »

Franz s'est enfin relevé, et au lieu de s'emporter, il éclate de rire en tapant sur la tête du garçon.

« C'était stupide, mais courageux. Si tous nos soldats avaient ton cran, on gagnerait cette guerre. »

Ilse n'en revient pas de voir Franz encenser un acte aussi stupide. Il perd vraiment les pédales. À moins qu'il n'ait décidé de tous les faire tuer. Encore une fois, c'est à elle de les tirer de là. Levant les yeux vers la pente, elle voit apparaître sur la crête les silhouettes des soldats ennemis. Pour l'instant, ils se contentent de s'abriter prudemment derrière les arbres. Dès qu'ils auront compris qu'ils n'ont affaire qu'à une poignée de fuyards, ils dévaleront la pente pour les encercler.

« Rudi, Hanna, traversez la rivière, je m'occupe de Franz.

– Ça va, je sais encore marcher.

– Bien, alors on se retrouve de l'autre côté. »

Franz grimace.

« Attends. »

La berge est vaseuse, Rudi s'y enfonce avant d'entrer dans l'eau le premier. Le courant est puissant, Rudi avance prudemment, Hanna le retenant par les épaules. Ses bottes militaires pleines d'eau pèsent lourd. Les pierres sont glissantes. Rudi se penche pour chercher un appui à chaque pas dans l'eau boueuse. On ne voit pas où on pose les pieds dans cette mélasse. Il glisse, perd l'équilibre, lâche Putzi qui s'éloigne dans le courant. Le garçon pousse un cri, plonge à la poursuite de l'animal. « Putzi ! Putzi ! » Il braille si fort qu'on doit l'entendre jusqu'en haut du ravin. Hanna reste immobile alors qu'Ilse rapplique en supportant Franz qui claudique. La force des flots emporte Rudi. En quelques secondes, il est déjà loin, tentant de se maintenir à la surface. Putzi a disparu dans le bouillonnement furieux.

Ilse se jette dans le courant et nage en direction de Rudi. Elle ne l'aperçoit déjà plus. Des soldats débouchent sur la berge en aval et ouvrent le feu. Frustrée, Ilse abandonne Rudi à son sort et gagne l'autre rive.

Hanna hésite. Ilse est déjà loin. Faire traverser Franz ? Profiter de la confusion pour fuir ? Il claudique jusqu'à elle, la mitraillette levée. Il devine ce que Hanna a en tête. S'il n'est pas en état de la poursuivre, elle n'échappera pas à une rafale.

Résignée, Hanna le rejoint et le soutient jusque dans l'eau. Des coups de feu claquent derrière eux. Les pierres roulent sous les pieds de Hanna, elle glisse, tombe à genoux, l'eau glacée lui coupe le souffle. Elle se redresse d'un bond, cramponne l'épaule de Franz. Encore un effort. Avec un peu de chance, il va se noyer ou être emporté par la rivière. Mais il s'accroche à elle de toutes ses forces et parvient à rester debout malgré ses blessures.

En aval, les Américains sortent Rudi de l'eau, c'est la dernière chose que Hanna voit avant de s'écrouler sur l'autre berge. Les buissons, les haies naturelles masquent le reste de la scène. Franz ne la lâche pas. D'un geste du canon de la mitraillette, il force Hanna à se relever.

« Ne va pas trop vite.

– Et Ilse ? Et Rudi ?

– C'est chacun pour soi maintenant. Et n'oublie pas, je meurs d'envie de te flinguer, alors ne me donne pas de prétexte.

– Avec une entorse et des côtes cassées, vous n'iriez pas loin sans mon aide.

– C'est bien pour ça que t'es encore en vie. Mais si les Amerloques nous rattrapent... »

Hanna a compris.

Le soir tombe. Les Américains ont cessé la poursuite. Franz boite sans se plaindre. Il se contente de suivre Hanna un peu en retrait, au cas où elle serait assez téméraire pour tenter quelque chose. Mais elle ne tente rien. Elle marche en silence. De temps à autre, il s'appuie sur elle pour soulager sa cheville.

Enfin, ils aperçoivent une cabane délabrée, au toit effondré, d'où s'échappe la fumée d'un feu de camp. Après avoir observé les alentours de longues minutes, Franz fait signe à Hanna de passer la première.

Soudain, Ilse apparaît d'entre les arbres, du bois mort dans les bras.

« Putain, ça fait une heure que je vous attends. »

*

Il fait nuit. La jeep chargée de l'équipe de Turner entre dans la cour d'une grosse ferme tout juste conquise. Les fentes de ses phares balayent un immense tas de fumier qui domine les autres odeurs. Des soldats bivouaquent à l'abri d'un auvent autour d'un feu, devant une grange dont les portes sont grandes ouvertes. Des ombres. Huit chars sont alignés contre le mur d'enceinte. Turner rumine son échec. Voilà presque quatre jours que Hanna a disparu. Il s'en est fallu de peu de la rattraper la veille au soir. Oui, mais ça ne suffit pas. Olson a retrouvé la piste. Il a même découvert que deux hommes avaient rejoint le commando. Le fait le plus intéressant était que l'un d'eux était blessé. Ils avaient compté sur ce nouvel événement pour refaire leur retard. Puis ils ont trouvé le corps, dissimulé sous des branchages. « Dommage, avait dit Olson, ils vont pouvoir accélérer sans ce fardeau. Je comptais dessus pour les rattraper. » Oui, par malchance, le garçon était mort, permettant au reste du groupe de forcer la marche. De faux papiers, bien sûr, mais un tatouage de groupe sanguin sous le bras gauche. Un jeune SS. Trop jeune. Turner avait soupiré. Ces salauds n'ont-ils aucune limite ? Pragmatique, Olson avait déclaré que c'était une mauvaise nouvelle. L'implication de SS signifiait qu'un plan plus vaste était à l'œuvre. Il ne pouvait s'agir de l'initiative d'une poignée de gamins, mais bien d'une opération préparée, organisée. L'absence d'uniforme, le cyanure accréditaient cette théorie. Rien d'encourageant pour la survie de Hanna.

Malgré ses indéniables compétences, Olson agace Turner. Il se fout de Hanna, seule la chasse l'excite.

Et puis on lui a rapporté un accrochage avec les membres du commando. À quelques kilomètres d'ici. Si ces chars n'avaient pas engagé le combat, on les aurait déjà pris. Mais non, encore une fois, ils s'en sont tirés. Fuite, rivière, envolés. Combien de revers devra-t-il encore subir ?

Le commandant de l'unité quitte ses cartes étalées sur un établi et vient à la rencontre de Turner.

« C'est vous qui vous intéressez au gamin ? »

Turner hoche la tête.

« Venez, c'est par ici. »

Le commandant précède Turner et Olson dans la cuisine de la ferme. Des sous-officiers mangent leurs rations autour de la table. Un poêle ronfle, diffusant une douce chaleur. Le commandant s'arrête devant la porte d'une cave.

« On l'a bouclé là en attendant. Faites gaffe, c'est un enragé. Il a mordu deux de mes gars.

On ne sait pas ce qu'il a, mais il n'arrête pas de gueuler. »

Turner sourit puis tourne la clé dans la serrure et entrouvre la porte. En bas d'une volée de marches, il aperçoit la forme ramassée d'un enfant.

« On a de la lumière ?

– Tenez, répond le commandant en lui tendant une grosse lampe à pétrole.

– Olson, vous passez devant. »

Le sergent lève les yeux au ciel et soupire, puis s'exécute. Dès qu'il pose le pied sur le sol de terre battue, Rudi bondit sur lui. Olson esquive, l'emprisonne entre ses bras, l'immobilisant pour de bon. Rudi pousse des cris de rage, se débat de toutes ses forces, rue dans le vide.

« Je vais vous tuer ! Je vais tous vous tuer ! »

Turner retourne un seau à cendres, s'assied dessus et s'adresse à Rudi en allemand.

« Ça y est, tu as fini ? On peut discuter ?

– Je veux pas discuter !

– Qu'est-ce qu'on pourrait faire d'autre, alors ? »

Ne parvenant pas à échapper à la poigne d'Olson, Rudi finit par se calmer. Mais dès qu'Olson relâche un peu sa prise, il se dégage et cherche à le mordre. Le sergent l'envoie valdinguer dans le tas de charbon.

« Allez-y doucement, demande Turner. C'est qu'un gosse.

– Sauf votre respect, major, s'il essaye encore de me mordre, je lui pète les dents. »

Turner traduit pour Rudi pendant que le sergent l'empoigne par le col de sa vareuse et le redresse comme un pantin.

« Tu te souviens de moi ? On s'est rencontrés à Francfort, à la sortie de la gare. Mme Meissner t'a donné à manger. Tu connais Mme Meissner ? »

Rudi hoche la tête.

« Très bien. Tu peux me dire où elle est ? Qui est avec elle ?

– Je veux un lapin !

– Qu'est-ce qu'il dit ? demande Olson, curieux.

– Il dit qu'il veut un lapin. »

Olson arrondit les yeux, puis repense aux poils qu'il a trouvés au bord du fleuve. Ils tiennent le bon gosse. Turner reprend en allemand :

« On devrait pouvoir te trouver un lapin. On est dans une ferme, oui ou non ? Mais d'abord, tu me dis ce que tu sais. »

Turner sort de sa poche une boîte de Scho-ka-kola prise dans un dépôt ennemi.

« T'en veux ? »

Rudi opine, se sert plusieurs quartiers de chocolat au café et les enfourne. Puis il raconte tout, en braillant. Donne les prénoms de chaque membre du commando, leur rôle. Turner écoute attentivement, note les informations dans un carnet. Franz est un SS, Ilse est gradée du BdM. Tous deux formés à la guérilla. Il commence à comprendre pourquoi il n'a pas encore mis la main sur eux. Turner pose la question qui le taraude depuis longtemps :

« Pourquoi elle est encore en vie ?

– Hanna, c'est comme une maman. On ne tue pas sa maman.

– Si je m'attendais à celle-là... »

Olson n'a rien compris et l'interroge du regard. Rudi pense que Franz est blessé. Et ça, c'est la seule information vraiment encourageante.

« Qu'est-ce qu'on fait du gosse ? demande Olson.

– Il va se tenir tranquille maintenant. Si on veut gagner les esprits, il faut tenir parole.

Allons voir ces lapins. Ensuite, on le remettra aux services d'assistance. »

Devant les clapiers éclairés à la lampe de poche, Rudi passe en revue la dizaine d'animaux. Il en choisit un blanc aux yeux rouges, avec de très longues oreilles. Déjà, il le colle contre sa poitrine et le caresse.

« Putzi a été brave. Tu crois qu'il aurait pu avoir une médaille ?

– On en donnera une à ton nouveau lapin, c'est promis. Comment tu vas l'appeler ?

– Max. »

16

20 avril 1945.

Les vêtements sèchent près du feu, suspendus à des bâtons. Franz s'est endormi sur le flanc, dos tourné. Il veut sans doute souffrir en silence, comme on le lui a appris. Il n'en reste pas moins dangereux. Hanna regarde sa montre. Il est tout juste minuit. Elle ne trouve pas le sommeil et fume une cigarette. Il n'en reste que deux dans le paquet froissé. Elle compte les heures qui la séparent de l'aube et de la sentence que Franz exécutera sans hésiter. Est-ce que ça fait mal de mourir ? Hanna prie pour que Franz choisisse une balle plutôt que la corde. Une mort affreuse. Il paraît qu'on tremble, qu'on s'agite, qu'on entend ses propres os craquer. Et c'est parfois long. Des minutes entières, l'éternité à suffoquer.

Hanna meurt de faim. Elle a tant maigri en quelques jours à peine... Elle est famélique. Ilse lui a déjà ajouté un trou à sa ceinture. Jamais elle n'aurait imaginé que son corps changerait aussi vite.

Assise à côté d'elle, Ilse rumine. Elle n'a pas versé de larmes pour ses parents, pas non plus pour ses camarades disparus, pour son pays meurtri, elle n'a même pas pleuré pour Hedy. Pourquoi pleurerait-elle pour Rudi ?

Hanna veut dire un mot, mais Ilse se lève, essuie son nez d'un coup de revers de manche, presque brutal, les lèvres pincées.

« Je l'aimais bien ce gamin. On dit que les Américains les tuent.

– Qui raconte de telles horreurs ? s'irrite Hanna. Il va enfin rentrer chez-lui.

– Il n'a plus de chez lui. »

Ilse ne sait pas si Hanna dit la vérité ou si elle cherche simplement à la rassurer. Les rumeurs les plus folles circulent au sujet des Américains, on dit qu'ils mangent les enfants, surtout les noirs. Et si ça lui semble un peu gros, elle ne peut s'empêcher d'y penser.

« Famille ou pas, dit Hanna, il n'aura plus à porter une arme. Il est en sécurité.

– Tu peux te mentir, répond Ilse, ou admettre qu'on l'a tout simplement abandonné. Mais j'ai au moins sauvé ça... »

Elle tire de sa parka qui sèche près du feu le petit corps au pelage soyeux et à l'œil écarquillé où se reflètent les braises. C'est Putzi. Elle a réussi à le rattraper mais pas à le sauver de la noyade. Elle le garde dans ses bras, pitoyable dépouille pantelante.

« Qu'est-ce qu'on va en faire ? demande Hanna.

– Le mieux, c'est de le manger, non ? »

Hanna a trop faim pour faire des manières. Un lapin, c'est un repas. Elle laisse à Ilse le soin de dépouiller Putzi et le mettent à la broche. Franz se redresse, alléché par l'odeur de la viande grillée. Tous trois mangent en silence, arrachant la chair à pleines dents. Le repas ménage une trêve. Puis Ilse s'occupe de Franz. Il a une cheville très enflée, et son flanc droit est couvert d'hématomes.

« Tu as des côtes cassées. Il n'y a rien à faire que d'attendre qu'elles se ressoudent. Mais ta cheville, c'est un problème. Au matin, tu pourras plus poser le pied.

– Ne t'inquiète pas pour moi. La souffrance précède la victoire. C'est la promesse du Führer. »

Alors que Franz bande sa cheville avec des lambeaux de son débardeur, Hanna l'observe. Comment un pays si moderne et cultivé a pu en arriver là ? Les grandes phrases creuses ont remplacé la pensée. La vie s'y résume à un combat contre le reste de l'humanité. Et si chaque homme, chaque femme, chaque enfant doit y passer, et bien soit. Le sacrifice est désormais la seule monnaie qui a cours.

Ilse a jeté au loin la dépouille sanguinolente de Putzi pour ne pas la garder sous les yeux. La nuit est fraîche et chacun renfile ses vêtements, même s'ils sont encore humides. Ils finiront de sécher à même le corps.

*

Un coup de pied réveille Ilse en sursaut. Franz, livide, lèvres blanches serrées, claudique autour d'elle, appuyé sur un bâton.

« Elle s'est tirée. »

Ilse se redresse d'un bond, regarde tout autour sans comprendre. Il fait encore sombre. Hanna n'est pas étendue auprès d'elle. Ilse a dormi profondément, n'a rien entendu.

« Elle est peut-être allée pisser.

– Elle a filé je te dis ! T'es vraiment naïve. Putain, on est dans la merde. »

Ilse rassemble ses affaires, ruminant sa colère et sa surprise. Hanna dispose de plus de ressources qu'elle l'a imaginé. Il faut la retrouver rapidement ou tous ses efforts n'auront servi à rien. Et si elle tombe sur une patrouille allemande ? Franz lui demande :

« Tu penses qu'elle sait se diriger avec le soleil ?

– J'en sais rien.

– Tu sais pas grand-chose. Réfléchis. C'est toi qui as passé du temps avec elle. À fraterniser.

– Franz, merde, c'est pas le moment.

– Avec toi, c'est jamais le moment. Quand est-ce que tu vas admettre que t'es pas taillée pour cette opération ? Tu devais seulement nous guider. Rien de plus. Personne t'a demandé de prendre des initiatives. T'as été trop coulante. Et pour couronner le tout, elle a choisi le jour de l'anniversaire du Führer pour foutre le camp ! »

Ilse étale sa carte sur le sol, détaille chaque tracé de route, chaque village. Un nom, plus à l'est, la fait réagir. Wasserkuppe. Une base de planeurs où, avant la guerre, elle s'est entraînée chaque été au pilotage. Une idée commence à germer dans son esprit. Elle entrevoit la possibilité d'un plan pour se tirer de ce merdier. Mais pas encore. Pour l'instant, elle doit rattraper Hanna. Elle seule doit décider de son sort. Personne ne lui ôtera sa victoire.

« Alors ? s'impatiente Franz.

– Il y a une voie ferrée à trois kilomètres dans cette direction. Il y a de fortes chances qu'elle tombe dessus. Elle la suivra.

– Tu as des dons de divination maintenant ?

– Non. Simple hypothèse. Hanna ne va pas errer dans les bois, elle aura trop peur de se perdre. Elle suivra la première route ou voie ferrée qu'elle trouvera en direction de l'ouest.

– On va se jeter droit dans les pattes des Amerloques.

– Si tu veux, tu peux partir, je te retiens pas. C'est moi qui ai merdé, c'est à moi de la rattraper.

– Je pourrais aussi t'abattre ici, maintenant, et raconter ma version des faits au commandement. »

Ilse jette son sac à dos sur son épaule.

« Et rentrer bredouille ? Tu sais parfaitement ce que tu risques. On doit se serrer les coudes ou on finira tous les deux contre un mur. »

Franz hésite, appuyé sur un bâton. Sa cheville le fait souffrir, mais il se sent capable de marcher grâce aux bandages qu'il a confectionnés. Cette douleur, il doit l'endurer, la faire sienne.

⋆

Le ciel est d'un bleu très pâle, presque blanc, on y distingue à peine les quelques nuages qui s'avancent bas sur l'horizon. L'air s'est radouci. Hanna sent mauvais, elle le sait. Son manteau crasseux, râpé, taché, boueux, ses cheveux sales semblables à de la ficelle, sa maigreur effrayante, sa peau sèche où grouillent mille démangeaisons, tout contribue à lui saper le moral.

Hanna se sauve. Elle est partie avant l'aube, en retenant sa respiration, un pas après l'autre, sans bruit. Elle veut vivre. Contrairement à Ilse ou à Franz, elle n'a pas le sens du sacrifice. Elle préfère encore sauter sur une mine. La mort instantanée. Une pensée suspendue, un geste interrompu, et c'est fini. Elle a d'abord erré dans l'obscurité, attendant le lever du soleil pour se diriger. Le voilà enfin rasant la campagne, elle ne distingue que son éclat discret derrière la brume matinale. Des champs succèdent à d'autres champs, à des fouillis de lierre qui étouffent des haies de broussailles, à des bouquets d'arbres bourgeonnants, à des piquets de clôture squelettiques délimitant le rien. Quelle direction suivre ? Hanna redoute les Allemands plus que tout. Si elle en croise, fera-t-elle illusion ? Elle aperçoit une voie ferrée bordée de champs d'un côté, d'une forêt de l'autre, ligne droite de ballast couverte de givre. Elle décide de la longer. Avec de la chance, elle tombera sur un bourg, une gare, une foule dans laquelle se cacher. Les Américains ne sont pas loin, elle le sait, et peste contre leur lenteur. Mais qu'est-ce qu'ils peuvent bien faire ? Hanna allume une cigarette.

Ses doigts rouges tremblent. Ilse doit enrager. Elle comprendra son geste, cette tentative désespérée de vivre. La perspective de finir entre les mains des bourreaux la terrifie. Elle est prête à marcher jusqu'à en crever s'il le faut. Et si elle s'en sort, elle se promet de ne plus jamais quitter la sécurité de sa maison. Et tant pis si le monde est plongé dans le chaos et la misère.

Elle pense à Paul, au fait qu'elle ne le reverra sans doute jamais. Ça ne fait que trois semaines qu'elle a quitté la maison et ça lui semble une éternité. Ici, le temps est comme suspendu. Si elle survit à cette odyssée, il faudra qu'elle la raconte un jour. Oublier serait la pire des décisions.

Un camion allemand cahote à travers champs. Hanna se couche derrière les voies. Le véhicule passe au loin puis disparaît et le silence retombe sur la campagne. Se sentant trop exposée, elle quitte la voie ferrée pour le couvert des arbres. Ses mains sont gelées et creusées d'engelures. Elle ne sent plus ses pieds. Sa montre indique 12 h 15. Elle marche depuis plus de six heures et toujours aucun indice de la présence américaine. Il faut avancer, surveiller la position du soleil pour garder le cap à l'ouest.

Elle aperçoit le side-car trop tard, dissimulé le long d'un chemin de terre. Deux policiers militaires, mitraillette en bandoulière, fument adossés à un arbre. Un homme est ligoté à leurs pieds, agenouillé mains dans le dos, qui supplie. Le plus grand des deux, un type robuste casqué au ras des yeux, interpelle Hanna et lui fait signe d'approcher. Elle prend une grande inspiration et obéit. Fuir ne lui serait d'aucun secours. L'homme jette sa cigarette et empoigne son arme.

« Eh, vous, qu'est-ce que vous foutez là ?

– Je me suis perdue, monsieur… »

Elle aimerait le nommer par son grade en signe de respect, mais elle est incapable de dire à quoi peuvent bien correspondre les épaulettes de son uniforme. Il jette un regard en arrière à son camarade toujours adossé au tronc.

« On ne dit pas "monsieur" mais "Feldwebel". Montrez-moi vos papiers.

– Je les ai perdus. »

L'homme agenouillé continue de gémir, de supplier. Il pleure.

« Putain, crie le Feldwebel, fais-le taire ! On ne s'entend plus. »

L'autre dégaine son arme de poing et tire une balle dans la tempe du prisonnier. Ses lamentations s'arrêtent net tandis qu'il s'écroule sur le bord du chemin. Hanna a sursauté. Prise de nausée, elle réprime un spasme.

« Un déserteur, madame. Il ne méritait aucune pitié. Et vous, vous devriez être à votre poste à creuser des tranchées défensives. Tout le monde doit participer. C'est la loi. Et vous, vous m'avez tout l'air de quelqu'un qui cherche à échapper à son devoir… »

Les jambes de Hanna se dérobent. Ses mains sont prises de tremblements.

« Ne pourriez-vous pas faire une exception ?

– Vous n'imaginez pas le nombre de personnes qu'on croise qui nous demandent ça. Y a de tout. Surtout des menteurs. Et vous savez comment ça finit ? On les pend. Parce que c'est tous des lâches et des traîtres. »

Hanna n'en peut plus. Son corps cesse de lutter et elle tombe à genoux.

« Je veux seulement rentrer chez moi. »

L'autre traîne le cadavre sous les arbres et s'approche, le regard mauvais.

« Moi aussi, madame. Mais où irait le pays si chacun se dérobait à ses obligations ? Vous êtes une lâche et une menteuse. »

Hanna secoue la tête. Il ne lui reste que la dénégation infantile. Le refus obstiné.

« Et vous portez le manteau et les bottes d'un soldat. Dépouiller des cadavres est passible de la peine de mort, madame. Vous faites honte à votre sang, à votre patrie. »

Hanna veut disparaître. La peur la pétrifie. Le soldat tire un morceau de carton du panier du side-car et inscrit dessus la mention : *Je suis une traîtresse, j'ai refusé de défendre ma patrie.* Puis il suspend la pancarte improvisée sur la poitrine de Hanna.

« Finissons-en. »

Le Feldwebel la traîne à l'aplomb d'une grosse branche en bordure du chemin. Hanna se débat, se met à hurler.

« Arrêtez de pleurnicher ! Une Allemande reste digne ! »

Il la renverse, pèse de tout son poids sur elle. Puis il lui lie les mains dans le dos, la redresse sur les genoux en la tirant par les cheveux. L'autre lui passe un nœud coulant autour du cou, elle sent le contact rêche de la corde sur sa peau. Le jeune policier grimpe sur la selle de la moto pour lancer la corde autour de la branche. Des oiseaux s'envolent. Puis il saute à terre, attache l'autre extrémité au garde-boue de la moto et lance le moteur. Le side-car bondit. La corde se tend. Hanna sent ses pieds quitter le sol, elle se hisse sur la pointe des bottes, frôle encore la terre, étire ses muscles, ses tendons, encore un centimètre, puis elle ne sent plus rien que le vide. Elle s'élève sous le regard du Feldwebel. Ses jambes battent, ses hanches se tortillent, le nœud l'étrangle. Elle veut crier, mais aucun son ne passe son larynx écrasé. Le souffle lui manque. Elle se débat, fait dans son pantalon. L'urine coule le long de ses jambes, tache sombre sur le tissu. Ça goutte sur le sol. Sa vue se brouille. Le paysage devient flou. Elle suffoque. Puis le Feldwebel pousse un cri, tombe à la renverse en se tenant le visage. Ilse l'a frappé avec une branche en plein visage. L'autre policier lâche le guidon pour saisir son arme. Ilse bondit sur son dos, le désarçonne et le maintient plaqué contre son ventre, ses jambes enroulées autour de lui. Elle place un bras autour de sa gorge, l'autre main sur sa bouche pour l'empêcher de crier. Le moteur cale, l'engin recule, entraîné par le poids de Hanna. Ses pieds touchent le sol, puis elle s'écroule. Le policier pousse des hurlements étouffés, Ilse ne parvient pas à le maîtriser. Il se cabre, rue de toutes ses forces. Elle serre, entend le craquement des vertèbres cervicales. Le Feldwebel se redresse, cherche sa mitraillette à tâtons. Ses dents ensanglantées sont éparpillées par terre. Ilse s'est relevée, écarte l'arme d'un coup de pied. Puis elle se précipite sur Hanna, desserre le nœud coulant, la redresse et lui détache les mains.

« Hanna ! Ça va ? »

Hanna crache, tousse, avale tout l'air qu'elle peut, puis elle vomit. Son visage a pris une teinte violacée.

Ilse se retourne vers le Feldwebel.

« Dégage. »

Le policier file à travers champs, une main pressée sur la bouche. Il trébuche sur les mottes, tombe, se relève, s'éloigne. Ilse se tourne ensuite vers Hanna.

« Qu'est-ce qui t'a pris de foutre le camp ? Tu vois dans quelle merde on est ? Une chance que j'aie entendu le coup de feu. »

Ilse emprisonne sa tête entre ses mains, contemple le cadavre du policier.

« Putain, qu'est-ce que j'ai fait ? »

Hanna chancelle, elle ne parvient pas à se remettre debout.

« Tu as fait ce qu'il fallait.

– Je viens de tuer un policier militaire. Putain, là, je suis vraiment dans la merde.

– Ce n'est pas ta faute. C'est un accident.

– Un accident ? Je lui ai pété la nuque ! »

Hanna se masse la gorge. Son crâne résonne comme si on y enfonçait des clous de charpente. Que penserait Paul en la voyant ? Est-ce qu'au moins il la reconnaîtrait ? Pas sûr. Elle n'est plus qu'une bête famélique et terrifiée.

« Pourquoi tu es venue à mon secours ? Tu pouvais les laisser faire le sale boulot et rentrer chez toi.

– Tu ne comprends rien, Hanna. Je ne laisserai personne d'autre que moi décider de ton sort. »

Hanna s'assied au pied de l'arbre, désorientée. Une part d'elle-même a quitté son corps. Elle se sent vide, désincarnée. Prise d'une soudaine envie de fumer, elle rampe jusqu'au corps du policier et y trouve un paquet presque neuf. Voilà qu'elle détrousse les cadavres. Ses mains tremblent. Au loin, le Feldwebel titube à travers champs. Ce n'est plus qu'un point. Un petit point qui trébuche.

Ilse traîne le cadavre du second policier dans le sous-bois, l'allonge près de celui du déserteur. Hanna l'observe.

« Tu vas me promener dans toute l'Allemagne jusqu'à la fin de la guerre ? Tu ne sais même plus où aller.

– Non, c'est vrai. J'en sais rien. Mais je dois trouver un moyen de me tirer de ce merdier.

– Et c'est pour ça que tu m'as sauvée ?

– Ferme-la. »

Hanna aspire une longue bouffée de fumée. Et même s'il ne s'agit que d'un sursis, il est bon à prendre. Elle est en vie et rien d'autre ne compte.

« Ilse, laisse-moi partir.

– Ça ne t'a pas suffi ? Tu ne survivras pas seule. Regarde autour de toi, le danger est partout. Je crois… »

Hanna redresse la tête.

« Qu'est-ce que tu crois ? »

Après un silence, Ilse déclare :

« Il va d'abord falloir expliquer ça à Franz.

– Où est-il ? »

Ilse donne un coup de menton par-dessus l'épaule de Hanna. Une silhouette boitillante sort du bois, un peu plus loin sur le chemin.

« Ce salopard arrive à marcher malgré sa cheville, murmure Ilse. On n'était pas loin derrière toi. J'ai couru en entendant le coup de feu. Va falloir le calmer.

– Et si on n'y arrive pas ?

– Tu me protèges des Américains, je te protège des Allemands.

– Je ne vois pas comment je pourrais faire ça…

– Jamais tu la fermes, hein ? »

Ilse s'avance vers Franz, lève les mains pour l'accueillir.

« Tout va bien, je l'ai retrouvée ! Je t'avais dit qu'elle suivrait la voie ferrée. »

Le ton se veut léger, rassurant, mais Franz ne mord pas à l'hameçon. Il trottine sur sa cheville blessée, soupçonneux. La mitraillette bat contre son flanc. Alors qu'il approche, son regard tombe sur les deux cadavres. Il reconnaît l'uniforme du policier militaire, puis voit la pancarte, la corde, la branche.

« Ilse, qu'est-ce que t'as foutu ? »

Elle hausse les épaules.

« Putain, répond !

– J'ai sauvé la mission, Franz. Rien d'autre. »

Il s'appuie sur son bâton, coince la crosse de son arme entre son coude et son flanc, la pointe vers les deux femmes.

« Et tu as tué un Feldjäger pour ça ? Pour sauver... cette sale traîtresse ? C'était l'un des nôtres ! Tu as complètement perdu la tête. J'en ai marre de ta petite guerre personnelle. File-moi ton arme. »

Ilse tire son pistolet de sa ceinture, le dépose par terre. Franz lâche son bâton pour empoigner sa mitraillette à deux mains.

« On peut encore y arriver, dit Ilse. On peut le faire. Rentrer en héros !

– Ça suffit. Et dire que j'ai gobé tes salades. J'ai toujours su que tu ne serais pas à la hauteur. Ce que je m'apprête à faire maintenant, j'aurais dû le faire il y a des jours. »

Il boitille jusqu'au side-car, ramasse en passant le pistolet et s'assied sur la selle pour soulager sa cheville. Ilse esquisse un pas vers lui. Franz se raidit aussitôt. Il force les deux femmes à reculer pour éviter un coup tordu. C'est ce qu'il redoute le plus avec Ilse, les coups tordus.

Quelque part dans le bois coule un ruisseau. Des feuilles pourrissantes, exhumées par la fonte de la neige, forment un tapis odorant en bordure du chemin, sous les arbres nus. S'y mêlent des odeurs de lichens, de terre labourée et d'herbes sauvages. Hanna a appris à aimer ces odeurs, certaines lui rappellent son jardin. Comme chez elle, çà et là, des crocus percent les feuilles mortes et se frayent un passage vers la lumière. Ces petites fleurs sont la promesse du renouveau. C'est ici qu'elle va mourir, sur un lit de crocus, la faim et la peur peintes sur ses joues creuses.

« Je peux encore fumer une cigarette ? »

Franz hausse les épaules.

« Vas-y. Ce sera ta dernière.

– Tu vas nous exécuter ici ? Comme ça ? demande Ilse.

– Wolfe, y a plus rien à négocier. Mettez-vous contre l'arbre, toutes les deux. »

Il pointe sa cheville du canon de son arme.

« Vous m'avez assez fait cavaler. »

Hanna recule mais Ilse ne bouge pas. Excédé, Franz claudique jusqu'à elle et la frappe au ventre de la crosse de son arme. Elle s'écroule en gémissant.

« Je vais te faire obéir ! »

Puis il empoigne la mitraillette par le canon et cogne sur Ilse de toutes ses forces. Elle se roule en boule, poings serrés devant le visage, genoux relevés contre son ventre. Hanna tente d'arrêter Franz, ce qui décuple sa rage. Il s'acharne, frappe jusqu'à épuiser son amertume, son désarroi et sa rancœur. Exténué par l'effort, il fait quelques pas en arrière, réveillant sa cheville douloureuse. Ilse crache de la bave sanglante. Elle se relève péniblement, s'essuie le nez du revers de sa manche. Elle est debout, vacillante mais debout. Elle tire alors la grenade de sa poche et la dégoupille entre ses dents. Ses yeux sont deux trous noirs. Elle crache l'anneau de métal vers Franz, brandit la menace au-dessus de sa tête dans son poing fermé.

« Tu te souviens ? C'est celle que t'as collée dans la bouche de Rudi.

– Ilse, qu'est-ce que tu fous ? Tu vas tous nous tuer ! »

C'est maintenant Franz qui a peur. Il sait Ilse capable de tout. Hanna retient son souffle. Le silence est absolu. Franz lâche la mitraillette et recule, écartant les mains.

« C'est bon, arrête, t'as gagné. Fais ce que tu veux d'elle, moi, ça ne me concerne plus. »

Ilse récupère la goupille et la replace sur la grenade, avant de la glisser dans la poche de Franz. C'est lui qui tremble désormais. Puis, lentement, elle ramasse la mitraillette et la pointe sur lui.

« Je te laisse dix secondes pour décamper.

– J'espère ne jamais te revoir, Wolfe. »

Franz tourne les talons et s'éloigne en boitillant à travers champs. Ilse vacille. Hanna la soutient jusqu'au side-car.

« Il faut partir.

– Attends. Attends. J'ai besoin de souffler. »

Ilse se tient les côtes. Ça lui fait un mal de chien. Sa lèvre supérieure est fendue et saigne abondamment. Elle s'appuie sur Hanna. Son état est lamentable, elle est couverte de bleus. Elle se sent comme si un camion lui était passé dessus.

« Je suis foutue, Hanna. Vraiment foutue. S'ils m'attrapent...

– Tu n'as fait que défendre ta vie.

– Tu crois que ça aura la moindre importance quand ils me mettront la main dessus ? Tu les connais pas. Ils vont m'en faire baver avant de me pendre à un crochet de boucher. Et ils vont tout filmer. C'est ce qu'ils font aux traîtres dans mon genre.

– On n'en est pas encore là.

– Dans mon état, je vais pas aller bien loin. Mais je vendrai cher ma peau. »

Elle sort la capsule de cyanure de sa poche et la fait rouler dans sa paume.

« Ça, c'est ma porte de sortie. On meurt la bave aux lèvres. Tout juste une poignée de secondes. Marrant non ?

– Je ne vois pas ce qu'il y a de marrant.

– Réfléchis. Tu crois que ce qui vient de se passer est une victoire ? C'est ma défaite. J'ai merdé. Depuis le début j'ai merdé. J'ai vraiment tout fait foirer. »

Elle se repose contre la moto.

« Tu peux partir, Hanna.

– Plus maintenant.

– Ne dis pas de conneries. Tu te planques dans ces bois et tu attends les Américains.

– Tu m'as sauvé la vie. Comment je pourrais t'abandonner ? »

Ilse tousse, son œil gauche enfle. Fini les bravades, les douleurs vont s'éveiller, rayonner dans tout son corps. Peut-être faut-il se battre un jour encore ? Elle range la capsule dans sa poche. Juste au cas où.

« J'ai peut-être un plan. Je vais repartir comme je suis venue.

– Comment ?

– En planeur. Passe-moi mon sac, je te montre. »

Ilse étale la carte sur la selle, y pointe un nom.

« La Wasserkuppe. C'est le point culminant de la région, à moins de cinquante kilomètres d'ici. J'ai appris à voler là-bas. Je connais le coin. En moto, c'est faisable. Et avec un peu de chance, je trouverai un appareil en état de voler. Si je pouvais l'atteindre...

– C'est d'accord. Je vais t'aider.

– Pourquoi tu ferais ça ?

– Parce que tu n'es pas en état de conduire. Grimpe. »

Hanna s'assied sur la selle, démarre le moteur. Ilse hausse les sourcils.

« Tu sais conduire cet engin ?

– J'ai eu une moto. »

Ilse s'affale dans le panier. Le moteur pétarade.

Le side-car gagne la route. Hanna plisse les yeux, le vent froid lui tire des larmes. Ilse la guide, la carte ouverte sur ses genoux. Un avion de reconnaissance américain les survole à plusieurs reprises. L'étau se resserre. Au loin, une ville brûle, des colonnes de fumée noire s'élèvent vers le ciel. Il neige des cendres sur la campagne. Des carcasses de véhicules calcinés, à peine reconnaissables, jalonnent les bas-côtés. La route est constellée de larges taches noires, grasses et puantes, l'empreinte laissée par les brasiers. Plus loin, la silhouette d'un bombardier planté dans un champ tient lieu de calvaire. Plus rien n'est debout dans ce pays. Il rétrécit. On tiendra bientôt tous sur un confetti, pense Ilse.

17

20 avril 1945.

La montagne est en vue dans le soleil couchant. Un sommet arrondi, encore tapissé de grandes plaques de neige, qui étend son ombre sur les reliefs vallonnés. Une route en lacets s'élance vers les hauteurs, son tracé se perd entre les bois d'épicéas.

Le moteur hoquette, cale, l'engin s'arrête. C'est la panne sèche. Hanna aide Ilse à s'extraire du panier. Il va falloir finir à pied.

Un nuage d'étourneaux tourbillonne dans le ciel bleu pâle à la recherche d'un abri. Le soir, la vie s'apaise, il n'y a plus ni champ ni arbre, ni route ni sentier, ni rivière ni étang. Il ne reste que le mystère de la nuit qui vient.

Malgré son état, Ilse tient à couper à travers la pente. Suivre la route qui mène à la Wasserkuppe leur ferait perdre trop de temps. La lune n'est pas encore montée, Hanna ouvre la marche à l'aide de la lampe de poche.

« Si t'en sors vivante, tu feras quelque chose pour ton pays ? lui demande Ilse.

– Ce n'est plus mon pays.

– Tu m'aides pas beaucoup.

– Non. Mais puisque c'est toi qui nous as plongées dans cette situation, c'est à toi de décider comment ça finit. »

L'ascension est pénible. Ilse fait souvent de courtes haltes. À chaque pas elle découvre une nouvelle douleur. Elle endure, c'est la seule chose à faire. Impossible de s'arrêter si près du but. À intervalles réguliers, elle se retourne, scrute la nuit en aval, traque le moindre rai de lumière. Elle est préoccupée par l'avion qui les a survolées plus tôt. Aura-t-elle le temps de s'enfuir avant l'arrivée des Amerloques ? À chaque instant, elle craint de les voir surgir.

Elle réattaque la pente, tente de suivre la cadence de Hanna. Il est trop tard pour décoller, il faudra attendre l'aube.

La silhouette de hangars troués par les bombes apparaît enfin sur le large plateau, à quelques dizaines de mètres sous le sommet. Des épaves d'appareils jonchent les prés. La piste servant au décollage des petits avions de tractage est impraticable, semée de cratères. L'école de pilotage est endommagée. Tout est plongé dans l'obscurité. Le site est abandonné. L'hôtel Deutscher Flieger, la Hermann Göring Halle, les logements du personnel, le centre administratif sont tous déserts. L'atmosphère est sinistre.

C'est maintenant Ilse qui guide Hanna vers l'école de pilotage. À cette altitude, la neige s'entasse encore en tas sales le long des murs. Le bâtiment est partiellement détruit, vidé de ses occupants. Ilse repense à la foule amassée dans les champs les jours de compétition, dans les gradins élevés au bord de la piste pour voir les planeurs s'élancer. Des dossiers sont éparpillés sur le sol, des objets abandonnés. Toujours le spectacle de la débâcle, de la panique. Et le silence. Chaque grincement de porte résonne à l'infini.

« Trouvons un coin où nous reposer », dit Hanna.

Ilse la guide jusqu'à une salle de détente, grande pièce confortable avec une cheminée, trois fauteuils et un canapé. Le pavillon d'un gramophone accroche la lumière, grosse fleur de liseron étincelante. Hanna allume un feu alors qu'Ilse se laisse choir dans un fauteuil. Hanna trouve ensuite des bougies qu'elle allume sur une table basse en les fixant avec la cire fondue. La lumière révèle un portrait du Führer suspendu au manteau de la cheminée entre deux faucons de bronze au regard perçant. Hanna le décroche sans qu'Ilse proteste.

« Il faut désinfecter tes plaies. »

Ilse grogne une vague réponse et Hanna se met en quête de quelque chose d'utile. Elle déniche deux bouteilles de schnaps qu'elle brandit. Ilse s'approche de la lumière et Hanna ausculte son visage tuméfié, verse l'alcool sur la lèvre fendue. Ilse pousse un cri.

« Vas-y doucement, putain. »

Hanna s'excuse. Il faudrait trouver mieux que de l'alcool pour désinfecter.

« Tu crois qu'il y a quelque chose à manger ? Des médicaments ? »

Ilse hoche la tête. Le bâtiment abrite tout le nécessaire. Il y a une infirmerie au bout du couloir.

« Et trouve-toi un pantalon, lui dit Ilse alors qu'elle s'éloigne, tu pues la pisse. »

Hanna approuve. C'est vrai qu'elle sent mauvais.

À l'infirmerie, elle déniche un flacon de désinfectant, de la pommade antiseptique. Enfin quelque chose d'utile. La nourriture se cantonne à des rations militaires périmées, pain noir, fromage en tube. C'est immangeable mais ça cale l'estomac. Dans un vestiaire, elle enfile un pantalon de pilote, trop large mais confortable.

Hanna désinfecte les plaies du visage d'Ilse qui marmonne :

« Je me rends compte que je ne peux plus rentrer chez moi. On me dénoncerait. J'ai tout perdu. Franz va chercher à sauver sa peau. Il leur balancera tout sans hésiter.

– La guerre sera bientôt finie. Tu n'auras pas à te cacher longtemps.

– Tu parles. Ils seront toujours après moi. Si c'est pas les miens, ce sera tes amis les Amerloques.

– Ce ne sont pas mes amis. »

Ilse fronce les sourcils, dévisage Hanna.

« Je n'ai pas imaginé un seul instant que ce serait un tel fiasco. Je regrette de t'avoir entraînée dans ce merdier.

– Heureuse de te l'entendre dire. »

Ilse boit une rasade de schnaps, tend la bouteille à Hanna.

« Comment tu te sens ?

– Ça va. Je survis. Tu sais, ça m'a toujours paru normal. Défendre le sang allemand, la pureté de la race...

– Pas une fois tu n'as douté ? »

Ilse réfléchit un instant, cherche une position qui lui occasionne le moins de douleurs, les jambes jetées par-dessus l'accoudoir du fauteuil.

« Non. Jamais. Je sais même pas comment faire.

– Tu apprendras. Il le faudra bien pour faire renaître la démocratie dans ce pays. »

Ilse a un geste de dédain, boit une nouvelle rasade.

« La démocratie, qu'est-ce qu'elle nous a offert ? Des années de misère. Le chômage, la famine, le désordre, voilà ce que la démocratie a apporté. Le Führer a fait plus en dix ans que cent ans de démocratie.

– Et pourtant il a échoué.

– Putain oui. On dirait bien. »

Hanna remet une bûche dans le feu, attrape la bouteille et boit au goulot.

« Il faudra rebâtir le pays. Et je ne parle pas seulement des infrastructures. Il faudra faire en sorte que le reste du monde accorde de nouveau sa confiance aux Allemands. Ce sera long et difficile. À cause de vous, nous serons tous suspects. Notre parole ne vaudra rien. Ce sera le prix à payer pour être allemand.

– Mais ce n'est pas impossible ?

– Je l'espère. Parce que sinon, il nous faudrait tous disparaître.

– Ici, on n'a connu que la guerre. On se lève en guerre, on se couche en guerre. La nuit, on rêve de la guerre. C'est l'air qu'on respire. Même maintenant, j'ai du mal à imaginer que c'est fini. »

Ilse jette un coussin sur le tapis, s'allonge doucement sur le dos, soulage ses flancs meurtris. Hanna s'installe sur le canapé.

« Tu sais, je pense beaucoup à Hedy. Cette amie qui s'est sacrifiée pour que je puisse réussir cette mission. Je l'ai laissée mourir sans rien faire. Et pourtant, qu'est-ce que je l'aimais ! »

Hedy lui manque. Elle la revoit agonisant sur le tapis du couloir de la villa. Elle était brave. Elle a honoré son serment. Elle en est morte. C'est le sens même du mot sacrifice.

« Hedy et moi, c'était à la vie à la mort. Et c'est de ma faute si elle y est restée.

– Mais toi, tu n'es pas forcée de mourir.

– C'est pas si simple. Tu as eu plus de chance que moi en quittant ce pays. Maintenant, je rêve d'une maison près d'un lac et d'un club de vol à voile. Le reste, je m'en fous. Ce n'est plus mon problème. »

Elle pose la capsule de cyanure sur la table, entre deux bougies. Le feu crépite.

« J'espère qu'aucune de nous deux n'en aura besoin. Mais au cas où… »

Hanna ouvre le petit tube de métal, laisse glisser l'ampoule de verre dans sa paume. Les murs tanguent, l'ivresse la gagne. Ilse roule sur le côté. Elle se sent bien. L'alcool étrangle les douleurs.

« Je regrette. C'est ce que tu veux entendre ?
– C'est un début.
– Putain d'écrivaine… Jamais contente.
– Tais-toi maintenant. »

Hanna se lève, titube jusqu'au gramophone, fouille dans les disques et choisit *Capri Fischer* chanté par Magda Hain. « *Bella bella Marie, vergiss' mich nie.* »

Hanna tend la main à Ilse.

« J'ai envie de danser. Tu viens ? »

Ilse a une drôle de tête avec son œil enflé. Hanna ne lui donne pas l'occasion de trouver une réponse cinglante et l'attire à elle. Lentement, main dans la main, elles dansent, Hanna cigarette aux lèvres, un œil fermé à cause de la fumée. Ilse boitille, ferme les yeux, pose sa tête sur l'épaule de Hanna. Elle est ivre elle aussi, et l'ivresse réconforte, comme la douce chaleur d'une flamme.

18

21 avril 1945.

Hanna ouvre un œil, Ilse n'est plus là. Inquiète, elle enfile son manteau et sort du bâtiment. Le ciel pâlit. Le brouillard recouvre les vallées. Ilse est debout dans le froid, son sac à dos sur l'épaule. Elle observe le sommet et le minuscule hangar qui le couronne. Hanna remonte son col, voit au loin un groupe de soldats descendre de camion et investir l'école.

« La cavalerie, dit Ilse.

– Américains ?

– Oui. Ils seront là dans vingt minutes. Tous les planeurs sont bousillés ici. Il ne reste que le hangar là-haut. Sinon je suis foutue et c'est toi qui me traîneras devant un tribunal.

– Ne me tente pas. Comment tu te sens ?

– Envie de vomir. Allez, suis-moi. »

Ilse entraîne Hanna vers le sommet, vers le dernier hangar. S'il est vide... Pour l'instant, elle refuse d'y penser, se contente de réviser mentalement ses cours de pilotage, se souvient des trois départs possibles, ouest, nord et sud. Elle observe le manche à air qui ondule. Elle doit se lancer face au vent, et détermine déjà son choix. Ce sera le sud. Elle ne peut compter que sur l'effet de pente, l'ascendance thermique. D'habitude, le planeur est lancé grâce à des sandows tirés par six personnes. Là, il n'y aura que l'impulsion donnée par Hanna. L'appareil va tanguer, risque de culbuter. Ilse n'aura droit qu'à une tentative. Si le planeur refuse de décoller, les Américains la cueilleront.

« Si un jour t'écris un bouquin sur notre histoire, j'espère que tu me le feras lire. Tu me promets ? »

Hanna acquiesce.

Ilse fait glisser la porte du hangar, y pénètre le cœur battant. Ses oreilles bourdonnent de la cuite de la veille. Elle se sent nauséeuse. Deux appareils sont entreposés côte à côte. Le premier n'a plus ses ailes. Le second, un DFS

Reiher, est en meilleur état. Sa forme rappelle celle d'un oiseau en vol. Ilse l'inspecte. Il a un trou dans l'aile droite et la gouverne de direction est endommagée. Il fera l'affaire.

Hanna suit les consignes, aide Ilse à extraire le planeur du hangar, chacune poussant une aile. Ensemble, elles positionnent l'appareil face à la pente.

Ilse s'installe sur le siège, boucle sa ceinture, vérifie que les commandes répondent. L'aile trouée et la gouverne abîmée l'inquiètent. L'engin va perdre de la portance, de la maniabilité. Un décollage réussi, c'est la clé pour prendre de l'altitude. Affronter la pente avec comme seul élan l'impulsion que donnera Hanna représente un grand risque. L'extrémité d'une aile qui heurte l'herbe et c'est foutu. Elle regrette déjà d'avoir abandonné la capsule de cyanure. L'espoir est un redoutable adversaire.

En bas, les soldats sortent bredouilles des bâtiments. Il ne leur reste qu'à converger vers le sommet. Encore quelques centaines de mètres et ils seront là. Hanna reconnaît la silhouette du major Turner. Elle retient ses larmes, résiste à la tentation de s'élancer vers lui.

« Tu vas y arriver ? » s'enquiert-elle.

Ilse lève le pouce. Alors que Hanna s'écarte, elle lui dit :

« Avec Hitler, on était si près de réussir. Qu'est-ce qui nous a manqué ?

– La compassion. »

Ilse garde le silence un instant, prend une grande inspiration.

« Maintenant. »

Hanna court à l'arrière de l'appareil alors qu'Ilse verrouille le cockpit. Elle soulève la queue de l'appareil, pousse de toutes ses forces. Ses pieds glissent dans l'herbe humide, dans les plaques de neige molle. Elle tombe, se relève, pousse encore. Le planeur renâcle, résiste, la petite roue sous son ventre s'enfonce dans la terre molle. La sale bête refuse d'obéir. Hanna jette ses dernières forces dans la bataille.

Ilse se cramponne, balance ses épaules de gauche à droite pour maintenir le planeur en équilibre sur son unique roue. Il plonge dans la pente, cahote en prenant de la vitesse. Le vent de face l'aplatit au sol, il faut lui faire redresser le nez. Ilse tire sur le manche, l'appareil se cabre, retombe. Elle pousse un cri de rage. *Calme-toi, putain. Redresse.*

Hanna retient son souffle, regarde le planeur brinquebaler droit vers la nappe de brouillard. Il est toujours au sol, dévale la pente sans décoller.

Derrière elle, des appels retentissent.

Le planeur atteint le brouillard, Hanna le regarde disparaître avec effroi. Il ne reste de son sillage qu'un tourbillon blanc. Allez, envole-toi.

Puis l'appareil émerge enfin de la brume, s'élève vers le ciel. Soulagée, Hanna s'assied dans l'herbe et allume une cigarette. Tous ses muscles se relâchent d'un coup. À bout de forces, elle pleure. Un mélange de joie, d'exaltation, d'épuisement extrême. Elle sanglote en riant. Elle rit aussi parce que tout son être exhale une odeur de vieille chienne, de bête qui ne rêve plus que du confort de sa niche. Crasseuse mais miraculeusement vivante. Quoi d'autre pourrait avoir la moindre importance ?

L'escouade prend position autour d'elle, prête à faire feu sur un ennemi invisible.

« Où est-elle ? demande Turner, essoufflé.

– Là-bas. »

Elle montre le point blanc qui vole déjà très haut. Ilse a trouvé le vent. Turner lâche un juron. Hanna contemple les prés jaunes une dernière fois.

« Il est temps que je rentre chez moi, major. »

19

25 juin 1946.

Ilse gravit le champ semé de gentianes, une pente raide qui fait mal aux mollets. La ferme où elle se rend est encore à deux ou trois kilomètres, au cœur du Tyrol. Lorsqu'elle lève les yeux, elle voit les sommets enneigés émergeant de la brume. Sur son épaule bat son sac à dos usé.

Voilà un an qu'elle arpente la région à la recherche d'un peu de travail, de quoi subsister.

Ilse pense souvent à Hanna. Elle se demande ce qu'elle est devenue, si elle est rentrée chez elle saine et sauve avec pour seul bagage une bonne histoire à raconter. Hanna avait raison, l'Allemagne est vaincue, divisée en quatre zones d'occupation. Il n'en reste rien. Les vainqueurs s'installent, paradent, administrent, arrêtent, jugent. En attendant, la population meurt de faim. Quand on lui dit que c'est un juste retour des choses, Ilse se tait.

En apprenant le suicide du Führer, Ilse a pleuré. Elle se souvient de la stupeur, du désarroi. Mais le temps a passé et le monde ne s'est pas écroulé.

Le planeur, elle l'a maintenu en vol sur plus de trois cents kilomètres, bien qu'il n'ait voulu en faire qu'à sa tête avec son aile amochée et sa gouverne branlante. Il a renâclé mais elle a tenu bon, l'a dompté. Elle l'a abandonné à regret dans un pré des environs du lac de Chiemsee. Puis elle a passé la frontière de nuit, à pied.

Elle a été soignée dans un dispensaire où le médecin, un Allemand, ne lui a pas posé de question. Elle a donné un faux nom. Lui aussi sans doute. Depuis la fin de la guerre, ceux qui craignent des représailles se cachent. Chacun fait semblant d'être quelqu'un d'autre. Les Américains en sont pour leurs frais. Des chiens qui courent après leur queue.

Ilse se sent seule, sans parents, sans amis, sans patrie. L'été dernier, elle a planté des sapins sur un flanc de montagne, suspendue par des cordes le long de parois rocheuses abruptes. Travail périlleux que d'enterrer les racines des arbustes dans la fine couche de terre prisonnière des creux de la roche.

Chaque fois qu'elle aperçoit un uniforme étranger, Ilse tremble. On l'a mise en garde : toutes les cheffes du BdM sont recherchées par les autorités. Les Américains disposent même de listes.

Elle s'habille en paysanne, en robe et tablier, un foulard noué dans les cheveux. Toujours avoir l'air inoffensif, sourire, se retenir de pisser de trouille quand surgit un détachement de police militaire. Elle pourrait travailler dans une école, dans un journal, mais pour ça il faut posséder son *Fragebogen*, le certificat de dénazification obligatoire pour l'obtention d'un tel poste. Pour le mériter, il faut passer devant une commission, répondre à un long questionnaire, fournir la preuve de son identité. Ne lui restent que les travaux agricoles, saisonniers, là où personne ne pose de question. Ce qu'elle aime dans ces alpages, c'est la faux, la fourche, la hache, la bêche. Les machines ne sont pas encore parvenues jusqu'ici. Il faut de la patience, de l'abnégation. On se lève avec le jour, on se couche avec la nuit. On suit les commandements du ciel.

Un matin d'octobre dernier, elle a rencontré d'anciens SS qui voulaient poursuivre la lutte. Une fille du BdM l'avait reconnue et invitée à une réunion secrète. Ils y croyaient encore, à la possibilité de faire renaître le rêve. On n'éteint pas le national-socialisme. C'est une flamme qui brûle pour toujours. Pourtant, elle n'est pas retournée aux réunions suivantes. Décision qu'elle n'a pas regrettée car ils ont tous été arrêtés quelques jours plus tard sur dénonciation.

Depuis, Ilse se fait oublier, évite les anciens camarades, se fond dans la masse des anonymes. Parfois, oui, dans une ferme, elle croise une ancienne connaissance du BdM. Mais elles n'évoquent jamais le passé, se méfient même les unes des autres. Qui touchera la récompense pour avoir vendu une camarade ? Qui trahira son serment ?

La montagne lui convient, l'air pur, l'odeur de la résine, celle des digitales et des aconits, même les griffures des chardons sur ses mollets. Les villages apparaissent au loin, au creux des vallées, et au-delà les plaines brumeuses gardent captive la rumeur de la civilisation. Là-haut, il n'y a que le silence des montagnes.

La ferme est en vue, un beau chalet aux fondations de pierres blanchies à la chaux, surmontées de bois sombre, patiné par les ans. Un toit d'ardoises. Une allure noble, millénaire. Il est adossé à une pente. Ce sera bientôt les fenaisons. Ilse se réjouit. Ici, il y aura du travail. Elle ne pense pas à l'avenir, pas encore. Cette vie itinérante la satisfait. Elle dort dans les granges, sur le foin, se fait payer en lard, en pain, en gâteaux parfois. De quoi d'autre pourrait-elle avoir besoin ?

Encore cent mètres et elle pourra se reposer.

Deux véhicules américains débouchent alors sur le chemin et se rangent à sa hauteur. Des policiers militaires en descendent. Ilse s'immobilise, le cœur battant. Peut-être en a-t-elle assez de fuir. Et quand le lieutenant lui demande :

« Ilse Wolfe ? »

Elle répond oui.

20

5 septembre 1972.

La Mercedes emprunte les petites routes. Le soleil illumine les sommets enneigés qui dominent le paysage. Hanna dort. Parfaitement immobile. Déjà un fantôme. Sepp redoute l'instant où il la découvrira morte. Quelle vie sera la sienne après Hanna ? Rien ne l'attend, excepté de continuer à faire vivre sa mémoire. Il y a sacrifié son existence avec joie. Il est loyal, fidèle. C'est un rempart.

Il range la voiture sur le bas-côté, le temps de lire la carte routière. Hanna ouvre les yeux, tousse affreusement. Des secousses terribles, des tremblements de terre. Il lui tend une bouteille d'eau. Elle boit et sourit. Ses yeux si bleus pétillent. Le corps lâche, mais l'esprit, la lumière vivent encore en elle. Et ça suffit au bonheur de Sepp.

« C'est encore loin ? »

Il secoue la tête, prend mentalement note de la route à suivre.

« Moins d'une heure. Il est déjà 21 heures. Il fera nuit à notre arrivée. »

Hanna est prise d'un tremblement. Son visage est un masque de souffrance. Une vieille femme tordue.

Sepp n'allume pas la radio, même s'il aimerait connaître le dénouement de la prise d'otages.

La Mercedes reprend la route, enfile les virages. Le manuscrit est sur le siège arrière, dans la serviette de cuir. Hanna a tenu à l'emporter avec la copie dactylographiée. Il n'en existe aucune autre copie, ce qui contrarie Sepp. Il imagine toujours le pire. Un accident, un incendie. Ce serait une perte immense.

Hanna ouvre un œil, étire ses jambes.

« Je suis vieille et grimaçante. Que tu me voies dans cet état, c'est ce qui me cause le plus de peine. Je retrouverai toute ma dignité une fois morte.

– Tu ne m'as pas dit pourquoi c'était si important d'entreprendre ce voyage.

– Chéri, il ne faut pas toujours tout expliquer. Les gens qui cherchent à tout expliquer sont ennuyeux. »

Sepp a les larmes qui montent aux yeux.

« C'est comme si tu me disais que je ne sers à rien.

– Ne sois pas si dramatique. Je rabougris, je me ratatine, je souffre à en crever. Te laisser assister à ma déchéance est le plus grand signe de confiance que je puisse accorder. »

Elle grimace, une douleur soudaine lui retourne les entrailles. Elle gémit, une plainte presque inaudible.

À la sortie d'un village, Hanna aperçoit un terrain d'aviation, des planeurs alignés devant un hangar. Elle sourit. Ilse n'est plus très loin.

*

La Mercedes s'engage dans un chemin de terre. Sepp conduit lentement, évite les nids-de-poule. La voiture balance sur ses essieux. Un petit chalet aux volets verts apparaît entre les sapins. Il y a de la lumière au rez-de-chaussée.

Une vieille Coccinelle grise est garée sur l'herbe. Les phares balayent la façade.

« C'est comme je l'imaginais », dit Hanna, le nez collé au pare-brise.

Sepp stoppe la voiture. Un rideau s'écarte. Un visage apparaît puis disparaît.

Hanna s'extrait de la voiture, appuyée sur une canne, refuse le bras que Sepp lui tend. Elle doit franchir sans aide ces quelques mètres. Une lampe s'allume au-dessus de la porte. Une femme sort sur le perron. Raide, sourcils froncés, bras croisés. Ses grands yeux noirs dévisagent les visiteurs. C'est bien elle. Hanna sourit. Puisque au cours de sa périlleuse aventure elle n'a sauvé qu'une seule âme, elle est heureuse que ce soit celle-ci. Ces quelques semaines passées au pays n'auront finalement pas été vaines.

Hanna marmonne. Encore quelques pas, ne flanche pas, quelques pas et tu seras devant elle. Par où commencer ? Ses pensées se poussent du coude. Oui, par où commencer, c'est bien la question. La laisser parler d'abord, peut-être. Tout simplement. Et le reste viendra.

« Merde alors », souffle Ilse.

Malgré les années passées, la maladie qui la défigure, elle l'a reconnue. Maladroite, elle ouvre les bras et s'avance vers Hanna qui trébuche. Elle la retient puis l'aide à monter les marches. Elle n'a rien perdu de sa force.

« Ça fait longtemps que je t'attends. »

Ilse fait entrer Hanna, l'installe sur le canapé dans un petit salon simple mais coquet, interroge Sepp du regard. Il répond d'un bref sourire. Hanna gémit. Elle souffre terriblement. Ilse non plus ne sait pas par où commencer. Peut-être quelque chose à boire ? L'état dans lequel se trouve Hanna la paralyse. Elle file à la cuisine et revient avec du café.

« C'est coquet chez toi », dit Hanna.

Ilse hausse les épaules. Un geste que Hanna lui connaît bien. Elle retient ses larmes sans savoir ce qui, de l'émotion ou de la douleur, en est la cause. Les deux sans doute.

« Qu'est-ce que tu viens faire ici après toutes ces années ? lui demande Ilse.

– J'ai enfin écrit le livre de notre histoire.

– J'espère que tu n'as pas été trop dure avec moi.

– Tu liras, j'ai apporté le manuscrit. C'est la promesse que je t'ai faite à l'époque, et une des rares que j'aie tenues de toute ma vie. »

Ilse prend la serviette de cuir que Sepp lui tend. Hanna boit une gorgée de café puis repose sa tasse. Même un objet aussi ordinaire devient trop lourd entre ses doigts. Elle s'allonge, sa voix n'est plus qu'un murmure. Alors Ilse s'assied sur le bord du canapé et lui prend les mains.

« Repose-toi, Hanna, tu es enfin rentrée chez toi. »

DU MÊME AUTEUR

Le Huitième Continent, Plon, 2012
Une saison de granit, Plon, 2015
Déjà, l'air fraîchit, Plon, 2020
Étoile rouge, Buchet/Chastel, 2023

COMPOSITION ET MISE EN PAGES
NORD COMPO À VILLENEUVE-D'ASCQ

CET OUVRAGE A ÉTÉ ACHEVÉ D'IMPRIMER
SUR ROTO-PAGE
PAR L'IMPRIMERIE FLOCH À MAYENNE
EN FÉVRIER 2025

N° d'impression : 106395
Dépôt légal : mars 2025
Imprimé en France